日本人の真価

藤原正彦

文春新書
1369

まえがき

本書は、日本を代表する月刊誌（と思いたい）『文藝春秋』で、毎月めざましい絶賛と喝采を博している（と思いたい）巻頭エッセイを三年分、それに同誌に掲載されたいくつかの論説を加えたものである。

ただし、絶賛の声や喝采の叫びは未だ私の耳に入っていない。日本人は慎み深いし、外国人は気の毒に私の珠玉の作品を読めないからだ。ほめ言葉は二十代半ばの担当編集者Kさんの、「毎月素敵な原稿をありがとうございます」だけである。Kさんはとりわけ慎み深いだけに激しい言葉を避けているが、本音は絶賛と喝采なのだ（と思いたい）。

「素敵な原稿」との評に舞い上がる私を見て女房は、「相変わらずおめでたいわね。Kさん、担当するすべての書き手に同じことを言っているに決まっているじゃない」と笑う。曲解の好きな女だ。「ほめられて舞い上がらないような人間はろくな仕事ができないぞ」と言うと、「編集者は楽ねえ、すべての書き手があなたみたいに単純な人ばかりなら」とあくまで曲解にしがみつく。

『文藝春秋』の巻頭エッセイを連載し始めたのは令和元年の始まりと同時である。その半年前までは『週刊新潮』の巻頭エッセイを十年間書いていた。週刊誌の毎週三枚半は大変だった。私のあり余る（と思いたい）才能をもってすれば、三枚半などものの一時間ほどで書けそうに思えるが、そうはいかない。どんな短いエッセイでも全力で書くのが私の流儀だからだ。

週刊誌の十年間は、海外にいても三枚半に追われるなどストレスもあった。

ある女流作家が私に、「週刊誌の連載をしていると風邪をひかないけど、長くしているとガンになるわよ」と忠告してくれた。その通り、十年間風邪を一度もひかなかったから少し恐くなり、ガンになる前にと週刊誌を勇退した。

「さあこれから本当にしたかった仕事をしよう」と夢をふくらませていたら、一カ月もしないうちに『文藝春秋』から巻頭エッセイを依頼された。月に五枚半という。月に一度なら残りの時間で大切な仕事がどんどん進みそう、と引き受けた。

大切な仕事とは、後世にまで燦然と輝く長編の執筆、聴衆に感動と感涙の嵐を巻き起こしている（と思われる）講演、華麗な女性関係にともなう隠密親密濃密な活動、さらには長年脳天気な私に耐え難きを耐え忍び難きを忍んできた女房との海外旅行である。

感謝の海外旅行だから、私の望むカジノでのボロ儲けやヌーディストビーチ探訪ではなく、女房の好きな世界遺産、ヨーロッパの古色蒼然たる教会、美術館やコンサート、安くて美味しいレストランをめぐる旅だ。私はもっぱらレンタカーの運転手だ。私の運転はすこぶる慎重で、スピード違反による罰金は日本で四度、アメリカ、スコットランド、イタリアで一度ずつだけだから、女房の信頼は厚い。

月に五枚半はさほど簡単ではなかった。この三年間に劇的な事件が次々に起きたからだ。一世紀に一度のパンデミック、ロシアによるウクライナ侵攻、東京無観客オリンピック、日米のトップ交代などだ。

『文藝春秋』は文芸誌ではないから、こういった事件を素通りする訳にはいかない。私が期待されているのは、それらの単なる解説ではなく、本質に迫る独創的視点を提示することだった。数学者は本質にしか興味がないから、私にふさわしい仕事内容ではある。女房も、「あなたは非常識というより無常識だから、通常の固定観念にとらわれないという利点はあるわね」とめずらしく励ましてくれる。その通り、私には『常識は凡人のもの』という著書もあるのだ。

書き出して分かったことは、歴史的背景を書物で把握しさえすれば独創的視点はすぐに得られるということだった。メディアに登場する多くの識者やコメンテーターが、ありがたいことにほとんど常に的を外してくれていて、それらがヒントとなったのである。ただ、そういった主張や言論で毎月口角泡を飛ばしているのはイヤだ。極端に多い（と思いたい）女性ファンが離れてしまう。

それにこう見えても、ケンブリッジ大学にいたことのある私は、英国紳士の片鱗を身につけている（と思いたい）。英国の紳士階級は、論理的に主張ばかりする者を冷笑する。彼等がフランス人を嫌うのはそのためだ。ケンブリッジでの同僚の一人（変人）は、「英国紳士にとって最も大切なものはユーモア」と私に断言した。念のため、十人ほどの英国紳士にこの見解について意見を求めたら、全員が同意した。

そこで主張と主張の間にユーモアや抒情を入れることにした。これならお手のものだ。ユーモアなら普段から頓狂なことを言って世界中を笑わせてきた。

四年ほど前、スコットランドで安くて美味しそうなフランス料理店に女房と入った。イギリスだけに全く期待していなかったから、その美味に驚いた。フランス人シェフでも雇っているのかと思いウェイターに尋ねた。「ロンドンで食べたどんなフレンチより美味しかったけど、シェフはどこの人」「シェットランドの出身です」「なんだ、羊だったのか」。シェットランドウールといえば有名な高級ウールである。ウェイターは大笑いした。

数分後に戻って来て、「シェフも爆笑していました。サービスです」と言って皿にのったデザートを差し出した。女房に毒味させてから私も口にした。すこぶる美味しかった。こんなことは他国のレストランでもよくある。ユーモアは紳士階級だけのものでなく、万人のものなのだ。

抒情を入れるのもお手のものだ。生まれてから二十九年のモテナイ期（その後はずっとバカモテ期）の間に、憧憬、哀切、嫉妬、諦念、孤独、イライラ、ムラムラ、悶々など大切な情緒が十二分に培われたからである。こうして、この三年間、どの作品にも全力をつくした。そのおかげで他の大切な仕事はやや疎《おろそ》かになった。次の三年間は、「素敵な原稿」と「大切な仕事」を両輪全開のうえ、猪突猛進八面六臂頭寒足熱で頑張るつもりだ。

二〇二二年六月末　藤原正彦

日本人の真価◎目次

第一章　ニッポン再生

AIは死なない

将棋が得意だった私は、大学一年生の秋に学内将棋大会で準優勝した。自信を持った私は腕試しに千駄ヶ谷の将棋会館を訪れた。

対局室を仕切る男性に町の将棋道場で二段と告げたら、小学校四年生くらいの坊ちゃん刈りの男の子との対局を指示された。「ムッ」とした。坊ちゃん刈りは慣れた手つきで箱から駒を五枚取り出すと、「それでは振らせていただきます」と言った。先手を決めるということで対等の勝負ということだ。ますます「ムッ」とした。駒を並べた後、坊ちゃん刈りが深々と頭を下げた。とことん「ムッ」とした。一気に潰そうとしたら反撃され木端《こっぱ》微塵《みじん》にやられた。プロの卵だった。

子供にひねられる程度の才能、と大好きだった将棋に見切りをつけた。ついでに好きな碁とマージャンも断ち数学への邁進《まいしん》を決意した。ついでに女も断った。最後のものについて頓珍漢な女房は「モテなかっただけでしょ」と言う。

頭脳ゲームから離れていた一九九五年、ケンブリッジ大学での同僚からメールが届いた。「正彦の教えていたクイーンズカレッジにデミス・ハサビスという十九歳の学生がいる。十三歳でチェスのマスターとなった神童で、十七歳の時にはテーマパークというゲームソフトを開発し億万長者となった。現在数学と碁における私の弟子だが、近々東京に行くから会ってくれないか」。

　Tシャツにジーンズの小柄なハサビスは、いたずらっ子のような風貌でお茶の水女子大の研究室に現れた。「ゲームソフトで才能を発揮したのになぜ大学で数学やコンピュータ科学を」「学問を深めて大きな仕事をしたい」「大きな仕事？」「実は世界最強プロを負かす囲碁ソフトを作りたい」。

　将棋ソフトなら、研究の進まない時のウサ晴らしに、世界最強というふれこみのものを時折コテンパンにやっつけていたから、弱さを知っていた。将棋でもそのレベルだから桁違いに複雑な囲碁では絶望的、と思ったが教師の役割は学生を励ますことだ。

「きわめて難しい。でも野心的で面白い。将棋の谷川（浩司）名人は、ほとんどの局面で一手しか頭に浮かばない、と言った。別の対談では米長（邦雄）名人がこうまで言ったよ、百手のうち九十五手は五秒以内に浮かんだ一手で、二手浮かぶ者は名人になれない、とね。

五秒以内ということは論理的思考のはずがないから感覚的なものに違いない」。

ハサビスは目を輝かせて聞いていた。私は「脳の機能を研究してみては。数学では類推が最重要のことを考えると、類推の仕組みの研究とかね」と、いい加減なことを付け加えた。

ハサビスはケンブリッジを最優等で卒業し、数年間ゲーム業界で働いてから、脳を学びにロンドン大学の大学院に入学した。画期的論文を書いた後、数年間の学究生活にピリオドを打ちＡＩ関連の会社を作った。そして二〇一六年、彼が深層学習（ＡＩに人間の脳のように自己学習や類推をさせること）の手法により作ったアルファ碁というソフトは、世界最強プロを破った。

チェス、将棋、囲碁のすべてでＡＩが人類を超えたことや深層学習の威力などを見て、野村総研やグーグルやオックスフォード大の研究者などは、今後十年から二十年で現在の仕事の大半がＡＩにとって代わられる、とセンセーショナルな報告を出した。

人間とＡＩの最大の違いは肉体か機械かだ。人体は三十七兆という膨大な数の細胞からなり、それらは複雑な機序で統制され、死んだり生まれたり（代謝）をくり返しながら生命が維持されている。そして無数のバリエーションをもつ体験を重ね、惻隠《そくいん》（弱者への同情、共感、涙）、孤独、懐かしさ、別れの悲しみ、寂寥《せきりょう》、憂愁、もののあわれなど深い情緒を有するに至る。

大事なことはこれら情緒がすべて、人間が有限な時間の後に朽ち果てる、という絶対的宿命に起因していることだ。人間に死がないのなら、失恋も失意も別れの悲しみもほぼなくなる。女に一万回ふられれば一万一回目のアタックをすればよいし、東大に一万回落ちたらもう一度受ければよい。美意識だって深い所で死に結びついている。死がなければすべての深い情緒は希薄になるか消滅する。

死のないＡＩは文学や芸術を創作できない。俳句や短歌なら数分間にそれらしきものを一万個も作ることができようが、その中から人の胸を打つものを選び出すのは至難だ。

詩人のポール・ヴァレリーはかつて「詩作に不可欠なのはいくつものアイデアを出すこと、そしてその中から最高のものを選び出すことだ。どちらがより大切かと言うと後者だ」と言った。ＡＩはその能力に欠ける。

数学や自然科学においては美意識が最も大切だから、ＡＩに計算や分析や証明はできたとしても発見はできまい。三角形の内角の和が一八〇度という小学生の知る性質すら永遠に発見できまい。人間は死により、ＡＩに対して絶対的優位に立っているのだ。

高度な創造ばかりか、ウェイトレスのような労働にも不向きだ。彼女達は店内の細々としたことすべてに臨機応変の対処をし、客のイチャモンをいなし、子供に椅子やおもちゃを持って来たり、おじさんジョークにも愛想笑いをする。時には沖縄で通いつめた食堂のルナちゃんのように、私の異常な魅力に気づき惚れたりもする。たとえウェイトレスの真似事をこなすＡＩロボットができても、誰がそんな店に行くだろうか。

ＡＩが恐るべき能力を発揮する分野は多いが、人間を凌駕《りょうが》する分野は限られている。若山牧水の「白鳥《しらとり》は　哀しからずや　空の青　海のあをにも　染まずただよふ」に涙さえ流せないからである。（二〇一九年六月）

日本の通信簿

毎年、ノーベル賞の発表される十月は、通信簿をもらう生徒の気分になる。日本の学問水準の評価が下されるように感ずるのである。

二〇二一年は真鍋淑郎《しゅくろう》氏が物理学賞に輝いた。ここ一年間、大リーグ大谷（翔平）選手のホームラン以外にさしてうれしいこともなく燻《くす》ぶっていた私にとって、久し振りのめでたいニュースだった。気候変動の予測モデルを作った功績によるもので、現代の気候研究の基礎となる先駆的研究だという。

四国のド真中、すなわちド田舎で生まれ育ったのも、日本の底力を示すようでうれしかった。また、真鍋氏が正野重方《しょうのしげかた》東大教授の弟子と知って格別うれしかった。

正野さんは祖父の兄で気象学者の藤原咲平の弟子であり、父（新田次郎）の飲み友達でもあったからだ。父が編集者を連れ銀座のバーを飲み歩き、五万円を使って夜遅く帰宅すると、玄関で迎えた母（藤原てい）が必ず、「私は五円安い豆腐を買いに一キロ先の店まで行っています」、と嫌味を言ったものだが、正野さんと飲んだ時だけは愚痴をこぼさなかった。美しいホステスなどのいない安飲み屋での差しつ差されつだったのだろう。

ノーベル賞は物理学賞、化学賞、医学生理学賞、の自然科学三賞のみが本物である。文学賞は余りにも主観的だし、平和賞に至っては、佐藤栄作、金大中、ジミー・カーター、バラク・オバマと並べただけでほとんどジョークだ。

経済学賞は、スウェーデン国立銀行が一九六九年に勝手に始めた代物で、受賞者は新自由主義の流れをくむ者が多く、また四人に三人はアメリカ人だ。政治的なものとは言え、日本人が一人もとれないのは不思議だ。

近年の経済学は、分野によっては数学科大学院レベルの数学を使うようになっている。日本人が経済学賞をとれない理由の一つは、経済学が文系と見なされていることにあるのではないか。東大でも経済は文科二類だし、大半の私立大学経済学部では、今も入試で数学が必須となっていないのである。

それにしてもノーベル数学賞がないのは残念だ。あったら受賞できそうな日本人がすぐに二十人近く頭に浮かぶからだ。

数学賞がないのは、ソーニャ・コワレフスカヤというロシアの優秀な美人数学者に片思いしたノーベルが、高名な数学者であり恋仇でもあったミッタク＝レフラーが受賞するのを恐れ、数学を外したためという説もある。

二十年ほど前、スウェーデンのミッタク＝レフラー研究所を訪れた際、所長に説の真偽を尋ねたら、「ソーニャは、会う男性が皆恋心を抱いてしまうほどの、知性と美貌と、魅力ある話術の持主だったようです」と言ってニヤッと笑った。

自然科学で日本はすでに二十五名の受賞者を数える。二〇〇〇年以降は二十名と快進撃で、アメリカに次いで二位の座をイギリスと争うほどである。しかもこれら日本人受賞者のほとんどは、一人前の研究者となるまで国内で学び研究した、言わば日本の純粋培養である。こんなことの可能な国は、日本の他は米英独仏露くらいのものだろう。

数学や物理学における世界の天才を調べたことがあるが、天才の生まれる土壌は私得意の独断によると、まず美の存在である。

美しい自然、芸術、文学などが身近に存在することだ。自然科学の独創に最も大切なものは、分野にかかわらず美的感受性であり、それは、美のある環境の中で培われるからである。

次いで精神性を尊ぶ風土である。金銭に結びつかず役に立つかどうかさえ分からないことをも尊重する風土とも言えよう。普遍的価値に敬意を払う気風なくしては、真理の探究に命を懸けることなどとうていできないのだ。

英国は戦後、二〇〇〇年までに自然科学で四十五名もの受賞者を輩出した。この期間、英国は他のヨーロッパ諸国から「英国病」とか「ヨーロッパの病人」と言われるほど経済がふるわず、一人当たり所得は先進国中最下位近辺にいた。にもかかわらず英国の田園は絵のように美しく保たれ、文学や科学が盛んだった。

またインド出身で自然科学の受賞者は三人だが、このすべてが南部のタミルナドゥ州出身なのである。数学における高卒の大天才ラマヌジャンもこの州出身だ。二度にわたりインドをめぐった私にとって、この州は貧しいながら美しい寺院の最も多い州だった。また、元々僧侶階級で精神性を尊ぶバラモンの密度が最も高い州でもあった。上記四人も皆バラモンだ。

日本もイギリスもタミルナドゥ州も二条件を完全に満たしていた。なお、日本人受賞者で東京で生まれ育った者はいまのところ一人もいない。

日本では近年、「精神性を尊ぶ風土」が急激に壊されている。二十年余りの新自由主義により、社会は生き馬の目を抜くような激しい生存競争に巻き込まれた。物事の価値を金銭や役立つか役立たないかで測る風潮がはびこった。この風潮は学問の世界にまで蔓延《まんえん》している。

三年後、五年後に役立つという研究ばかりに科学研究費が与えられるようになった。いつの日か花を咲かせるかも知れない、という研究には与えられず、すでに咲いている花に水をやるような研究ばかりに与えられる。真鍋博士の気候変動に関する研究など、半世紀前には誰も関心をもっていなかったものだ。

それに加え緊縮財政による大学のポスト減だ。国立大学では、四十歳未満の常勤教官の七割近くが二年とか三年といった任期つきである。この間に論文をいくつも書かないとクビになるのでお手軽な研究に走ることになる。

ここ十数年の日本人による論文の質と量の低下は国際的な話題となっている。こんな状況だから博士課程進学者もこの間に半減してしまった。このままではノーベル賞がとれなくなるどころか、極東の一農業国となってしまいそうだ。（二〇二一年十二月）

一杯一杯

女房は高校生の頃、理系に行こうか文系に行こうか悩みに悩んだという。数学と英語が好きだから理系かといえば物理、化学が嫌い、文系かというと日本史、世界史といった暗記科目が嫌いだったらしい。最も得意だったのは五歳から続けてきたピアノで、小さなコンクールに出たほどだったが、父親に「プロになれるのは天才だけ」と言われ泣く泣くプロの道を諦めたという。

ある時、女房が私に聞いた。「あなたはどうやって数学者になる決心をしたの」「小学校五年生の時に郷里信州の隣村出身の小平邦彦先生が、数学のノーベル賞といわれるフィールズ賞をとった時だ。アサヒグラフに家族の写真がのっていて格好よかったから、迷わず数学者になろうと決心した。しかもその後、その決心は一度も揺らがなかった」。「どうしてそんなに簡単に決められるの」「人生、思い込みだ。あとは突っ走るだけ。自分の能力を疑わないことだ」。女房は「あなたみたいな単純な人はいいわね」と、半ば呆れたように、半ばうらやましそうに言った。

松下幸之助はかつて、自社の就職試験の面接で、「あなたは自分が運のいい人間と思いますか」と尋ね、運がよいと思っている人間だけを採用したという。よい仕事をなしとげるには楽観が何より必要、と知っていたのだろう。

数学の世界でも同じだ。数学者の仕事とは未だかつて解かれたことのない問題を解くことだ。取り組む前にいくつもの不安が胸に去来する。自分にそんな問題を解くだけの才能があるのか。それに、もしかしたらその問題は現代の数学水準を超えているかも知れない。

例えば、百兆までに素数がいくつ位あるか、私ならものの五分で計算できるが、大天才ニュートンは一生かけても歯が立たないのだ。取り組む前ばかりか、証明が行き詰った時にも同じ不安が頭をもたげる。楽観的でないと問題にとりかかることも、証明を完遂することもできない。

フィールズ賞受賞者のポール・コーエン教授は、親切だが一風変わっていた。新しい問題を見せられると必ず開口一番、「オー　イッツ　ソー　イージー」と言ったらしい。そう言ってしばしば解けなかったそうだが。あの天才でも、あの天才だからこそ、楽観的になることが必要であることを熟知していたのだろう。

楽観の重要さを身にしみて知っている私は、三人息子を育てる時、いつも励ますことを心がけた。悪いことをした時は無論張り飛ばしたが、独創的な考えを示した時とか、弱い子や仲間外れの子にやさしくした時などは、誉めまくった。

幼稚園にいた三男が「お祭りでもらった風船は、初め天井についているけど、何日かたつと床に落ちてくるよ。でもそれを窓ガラスでキューキューこすると、また天井に上って行くよ」と言った時。小学校四年生の次男が、不登校の続く友達を無駄と知りつつ毎朝、回り道をして迎えに行っていた時などだ。

息子達は、女房に似て性格はイマイチだが、悲観により自らの能力に足枷《あしかせ》をはめる、というような人間にはならなかった。

私はよい点をほめて励ますことが親や教師の仕事と信ずるので、大学でも学生達を励まし、自信と楽観を持たせようとした。自信はいくらあっても足りない。世の中に出れば自信を失わせるようなことばかりがこれでもかこれでもかと続くからだ。

先年、雑誌のインタビューをそこの編集部で働いている元ゼミ生に頼まれた。仕事の後の雑談で、「東京育ちの君が、京都でこうして頑張っているのを見るとうれしいよ」と言ったら、少し間をおいてから「先生、そう見えても私、一杯一杯なんです」と言った。ハッとした。背伸びして仕事をこなしながら、自らの能力や将来に疑念や不安を抱くこともあるのだろう。

「一杯一杯なのは君だけではない。一生懸命に生きている人はみな一杯一杯なんだよ。実は僕だって一杯一杯だ」「えっ、先生が。でも私は先生と違って本当に一杯一杯なんです」「そう思うのは、君が僕より誠実というだけのことさ」。

彼女は心持ち目をうるませながら微笑むと、「実は先生」と言ってカバンから透明ファイルに挟んだ二十枚ほどのＡ４用紙を取り出した。「これ先生のゼミでの私のレポートです。先生の書いて下さったコメントは私の支えなんです」。

私は学生達に日頃から言っていた。「君達は今後、落ち込むこと、挫折することなどが必ずある、そんな時はほめ言葉を思い出すんだ。これまでに先生、親など権威ある人からほめられたことがあるでしょ、それを思い出すんだ。私のように気が強く自信過剰な人間でも時にはどん底に落ち込む。そんな時は一日に何度もほめ言葉を思い出さないと一日が終わらないこともあるんだ」。彼女はこれを忠実に守っているのだった。

「ところで、そこにあるコメントはほめているんだろうね」「はい、激賞です」。彼女はそう言って初めて頬をバラ色に輝かせた。

米英の大学にいた時も、同じように学生に接した。ケンブリッジ大学でのディナーで、同僚の教授が博士を取ったばかりの弟子を私に紹介した。私は彼に、「君がこれから数学者として歩む上で一番大切なのは何といっても楽観性だ。野心的な仕事に取り組むにも、挫折から這い上がるにもこれが必要だ。忘れずに頑張りたまえ」と励ました。彼は聡明そうな大きな目を光らせて「とても意義深いアドバイスをありがとうございます」と丁重に礼を言った。

ところがこの十年後、彼は何とフィールズ賞をとったのである。私は受賞のニュースを目にするや、激しい羞恥で消え入りそうになった。私のごときヘッポコが、偉そうに大天才を励ましていたのだ。人を励まして後悔したのはこれだけである。（二〇二〇年四月）

レッテルのぐらつき

人間は思考を整理したい動物である。森羅万象が混沌としたままでは、脳が負担に耐えられないから、似通ったものを一まとめにして言語で表したり、思考の節約のため共通する属性にレッテルを貼ったりする。

アインシュタインもフロイトもマルクスもユダヤ人だし、世界の人口の〇・二五%、すなわち四百分の一に過ぎないユダヤ人がノーベル賞やフィールズ賞の約四分の一を獲得している。こうなると「ユダヤ人は頭がよい」と言いたくなる。私も、アメリカの一流大学で数学科教官のほぼ三人に一人がユダヤ人なのを見て漠然とそう思っていた。

ある時、ユダヤ人のガールフレンドE嬢の指導教官で、やはりユダヤ人の文化人類学者が夫妻で来日した。チャンスとばかり「バカなユダヤ人に会ってみたい」と言ったら、彼は大笑いし、「ニューヨークに来てくれたらすぐに何百人でもバカなユダヤ人を連れて来て見せてやるよ」と言って再び大笑いした。

帝国陸海軍について、海軍は善玉、陸軍は悪玉というレッテルがしばしば貼られる。戦前日本の軍国主義化、日中戦争の拡大、太平洋戦争の開戦など、責任のほとんどは陸軍にあり、海軍はむしろ暴走の歯止め役だった、というのである。私も海軍を賛美した阿川弘之氏や陸軍をこき下ろした司馬遼太郎氏の著作などを通じ、そう信じていた。

母も幾度となく陸軍をけなした。「関東軍なんて大嘘つきだ。『満州の守りは引き受けた』と豪語していたのに、ソ連が日ソ中立条約を破り満州に侵攻して来た時には、司令部は百三十万の在満日本人を置き去りにして南の朝鮮国境に逃げていたんだからね」。

満州国の首都新京（現・長春）に住んでいた私達一家は、このため一年余りの苦難の引揚げを強いられた。新京脱出の際も関東軍将校の家族が最優先だった。侵攻は昭和二十年八月九日零時に始まったが、早くも九日の午前には、軍は軍用トラックで将校の家族と家財を新京駅に運び、列車で避難させていた。

満州気象台課長の父が軍からソ連侵攻を知らされたのは侵攻後丸一日近くたった九日深夜だった。五歳の兄、二歳の私、生後一カ月の妹は並んで熟睡していた。「ソ連軍が新京に到達する前に脱出しなくては」ということで私達は着のみ着のまま、兄は歩き、父母が私と妹を背負い、できる限りの荷物を両手に駅まで四キロ余りの道を歩いた。夜を駅構内で明かし避難列車に乗りこんだのは、十日午前だった。間もなく三十八度線が閉ざされたから、この一日の差で私達を含む多くの人達が北朝鮮で難民となり、多くの犠牲者を出した。

母にとって軍部＝陸軍＝関東軍であり、怨みは骨髄に徹していた。不思議なことに海軍の悪口は一度も口にしなかった。それどころか、「叔父さんが海軍の純白の礼服で軍刀を持った写真は格好よかったなあ。毎日家族でそれを眺めては感嘆していたんだ」と繰り返し懐かしそうに話した。私の中でこのレッテルは確固たるものになった。

これをぐらつかせたのは十年ほど前の中学時代の恩師からの葉書だった。大東亜戦争末期に東京美術学校（今の東京芸大）を出て陸軍に入隊した人である。「短期間の陸軍生活ではあったが、上官にも同輩にもイヤな奴は一人たりともいず、みな温かく親切な人ばかりだったことを死ぬ前に君に伝えておく」。

八十歳近くまで毎年銀座で個展を開いていたがそれもままならなくなった先生が、私の書いた何かを読み、遺言として正しておくべきと思ったのではと感じた。人間味と正義感に富み、皆に尊敬されていた先生だから私も重く受けとめた。

大戦における情報戦を調べるうちに、暗号に関し陸軍と海軍では大きな違いのあることが分かった。

海軍暗号は早くも一九四二年五月までに破られたため、六月のミッドウェー海戦で虎の子の空母四隻を失うという大惨敗を喫した。まともに戦えば日本軍が米軍を圧倒したはずの海戦だった。海軍は暗号解読を少しも疑わず、翌年山本五十六《いそろく》連合艦隊司令長官機が撃墜された。

それでもなお解読を疑わず一九四三年以降、軍艦ばかりか、兵員や食料を満載して南洋諸島へ向かった輸送船団が、待ち構えていた敵潜水艦に片端から撃沈された。何万もの兵が戦わずして海の藻屑となり、島に取り残された兵は食料不足で餓死することとなった。

太平洋戦争での二百三十万の軍人死亡者のうち、過半数が餓死や飢餓による病死だった。海軍の責任と言ってよい。

それに対し、陸軍の主要暗号は解読されなかったばかりか、東大数学科の協力を得て、昭和二十年には一部の米軍暗号を解読していた。

海軍は学歴社会でもあった。小学校卒では特務少尉という格下の少尉にはなれたが、普通の少尉や少佐などにはなれなかった。大学生や大学卒は短期の教育を終えるや予備少尉となり士官待遇となった。

片や陸軍では、叩き上げでも実力さえあれば少尉や少佐になれた。逆に高学歴でも入隊時は二等兵だから、牢名主のような小学校卒の上等兵に、エリートとして目の敵にされ殴られたりした。旧軍を著作などで語るのはほぼ高学歴者だから、海軍善玉、陸軍悪玉が広まったのだろう。

レッテルは鵜呑《うの》みにしないことだ。「ユダヤ人は頭がよい」についてE嬢に尋ねると、彼女も強く否定した。そしてこう付け加えた。「中世にユダヤ人は土地所有さえ禁じられ公職から追放されていたから、決して奪われることのない頭脳を大事にしただけよ。親が子に与えられるのは教育だけ。よい服よりよい本を与えようとしたり、居間に大きな本棚をおいたり」。なるほどと思った。

「それに感情をコントロールするように教えられたわ」と付け加えた。ただし、これはさして説得力がなかった。なぜならE嬢とアイザック・スターンの演奏会に行った時、彼女が途中で感極まって鼻をすすり始め、ついには嗚咽《おえつ》し始めたため、開始三十分ほどで二人は中途退席となったからだ。（二〇二〇年十月）

模倣という独創

アメリカの大学へ息子を留学させている友人の話だが、歴史の授業で教授が「日本は模倣で発展した」と言ったらしい。明治以来よく言われてきたことだ。言うのは無論欧米人だが、受け売りする日本人も多い。

この教授はアメリカこそが模倣で発展してきたことを忘れているらしい。建国にあたり何もかもヨーロッパ、特に英国の模倣だった。一八四二年に訪米した英国のチャールズ・ディケンズは、価値ある英国書がほぼすべて海賊版として横行しているのに仰天したばかりか、それを当地で指摘したら「強欲な悪党」と逆ギレされた。模倣を超えたパクリぶりは、現在のパクリ王国中国と同じだった。

ただ、この教授の言うことはある意味で正しい。日本人は模倣の天才だからだ。

仏教が五五〇年頃に伝来するや、たった半世紀後には飛鳥寺や法隆寺を完成させ、聖徳太子が仏教に則った政治を行なった。平城京・平安京などの都市計画から班田収授の法など法制まで、唐の模倣だった。

教授の言が一方的なのは、「闇雲の模倣ではなかったこと、またそこから必らず自国ならではのものに発展させたこと」に触れなかったことだ。例えば律令制度はとり入れたが、科挙や宦官《かんがん》は朝鮮を初め中華文明圏で広く採用されていたにも拘《かかわ》らず、我が国は受け入れなかった。

また帝位は中国では血腥《ちなまぐさ》い殺戮《さつりく》により強奪するものだったが、我が国は模倣せず万世一系の天皇制を骨格におき、やがては権威は天皇、権力は将軍という独特な形とした。かくして神話時代からの天皇が「確固不動の核」となったのである。

仏教が伝わって百数十年後の奈良時代には、神仏習合、すなわち仏教と神道との結婚という奇手を編み出した。だから明治維新の大愚行「廃仏毀釈」までは神社の境内に寺があったりした。

ある調査では、我が国で自らの宗教を仏教とする人、神道とする人を合わせると一億八千万人になったという。私だってよく神社か寺か分からないまま、本殿の前で手を合わせている。

漢字が四世紀中頃に伝来すると、百年ほど後には漢字の音を利用して万葉仮名（あかさたな＝阿加佐多名）を作り、平安初期にはその一部から片仮名を作り、漢文の訓読を始めた。外国語を日本語で読むという途方もないことを始めたのである。

さらには平仮名を作り、日本語を表意文字と表音文字の両方を持つ、稀有で豊富な言語とし、世界に冠たる文学王国の礎を築いた。

そもそも人間の知的活動はすべて模倣から始まる。赤ちゃんの母語習得もそうだし、人類史上の発明発見だって、すべて下敷きがある。人間は無から有を産むことのできる生物ではない。模倣から始まり、類推、連想、帰納などを用いて新しいものを産んできたのである。アメリカにいた頃、ある独創的な数学者にそう言ったら、「正彦に完全に同意する」と力強く言われた。

文化についても同じである。アメリカ文化はヨーロッパ文化の模倣から発展したが、近世ヨーロッパ文化もルネサンス期の模倣が出発点だ。

数学に例をとれば、幾何学は黒い瞳に褐色の肌をした古代ギリシア人の幾何学を下敷きとし、数字や代数学は中世アラビア人のものを下敷きとしている。だから算用数字をアラビア数字と呼び、代数学を英語ではアラビア語源のアルジェブラと呼ぶ。

実は古代ギリシア・ローマや中世アラビアの数学も、古代エジプト、古代インド、古代バビロニアなどの数学を下敷きにしている。

ヨーロッパは、十世紀余りの中世を通じ模倣さえできなかった。疫病や迷信や戦争に明け暮れていて、十一世紀になっても$\sqrt{2}$が分数として表せるか議論していた。紀元前の古代ギリシア人は表わせないことを知っていた。文明は後退しないが、文化は時として千年後でも後退するという好例だ。

それどころか、中世ヨーロッパはアラビア数字さえ模倣できずローマ数字を使っていた。80＝LXXX，90＝XCだからイヤになる。こんな数字で90−80は至難だ。インドで発見された0がない限り位取り記数法ができないから、十六世紀に至るまでほとんどのヨーロッパ人は計算ができなかった。

興味深いのは、欧米人により「模倣国家」と百年余りにわたり言われ続けてきたのは日本だけということだ。そう言われ始めたのは黄禍論と同様、日清日露で勝利した頃からで、罵られるようになったのは、世界第二の経済大国になった一九六〇年代からである。白人優位を覆《くつがえ》しかねない不埒な国への反感から始まり、嫉妬へと変質したのだ。

ヨーロッパ各国は有史以来、互いに他を模倣して発展してきたが、どこかを模倣国家とは決して言わない。切磋琢磨したと言う。ゴッホ、モネ、セザンヌからピカソまでが浮世絵の手法を模倣しても、ヨーロッパを代表する磁器、マイセンやウェッジウッドが伊万里や柿右衛門の模倣であっても、模倣したとは言わない。影響を受けたと言う。

ルネサンスがヨーロッパで起きたのは、ビザンチン帝国の衰退に伴い、十四世紀頃からそこの学者や文物がヨーロッパに入り始めたからであった。続く海外雄飛と植民地獲得を可能としたのは中国の四大発明、羅針盤、火薬、紙、印刷がヨーロッパに伝えられたからであった。

哲学者フランシス・ベーコンは一六二〇年の著作でこう言った。「印刷術、火薬、羅針盤は全世界のすべての表層と深層を変えてしまった。印刷術は学問を、火薬は戦争を、羅針盤は航海をである」。

欧米人が模倣をかくも嫌悪するのは、近代欧米文明が、中東文化や中国技術など有色人種のものの模倣で始まったことが一種のトラウマとなっているのかも知れない。すべての独創は模倣から始まるのだから、さほど悔しがらなくてもよいのに。（二〇二一年一月）

虹とチャンバラ

私の父は「中学校の初年級までは立川文庫で育てられた」、とよく言っていた。大正時代を通じ二百冊以上も刊行されるほどよく読まれた文庫である。猿飛佐助、堀部安兵衛、真田幸村、宮本武蔵、荒木又右衛門……などがぐいぐいと人を魅きつける筆致で描かれている。

田舎の祖父の本棚にあったこれらを、六年生の頃に数冊読み、その面白さにとりつかれた私は、よく似た『講談全集』が講談社から発刊されたのを幸い、次々にむさぼり読んだ。面白さだけでなく、講談の根っ子には武勇、正義、惻隠、卑怯を憎む心、忠孝など武士道精神の中核が息づいている。権力や権威への抵抗や揶揄があり、何より涙と笑いがある。

講談は史実から生まれた巷説が源で、大江戸八百八町や商工業賑わう上方《かみがた》などの庶民の口から口へと伝わり、大道芸の辻講釈、寄席、歌舞伎、人形浄瑠璃などで広まったものだから、史実に尾鰭《おひれ》がつきまくっている。

これらをそのまま信じた私は、小学校や中学校で相撲に興ずる時、必らず「高田馬場の決闘」の十八人斬りに臨んだ堀部安兵衛になり切り、「えーい、一人、二人は面倒だ、束になってかかって来い」と叫ぶや元気百倍、仲間を片端から投げ飛ばした。

　中学生になっても堀部安兵衛や三十六人斬りの荒木又右衛門を熱く話す私に父が、江戸末期生まれのお爺様から聞いたという話をしてくれた。

「お爺様のお爺様、藤原彦右衛門は足軽ながら武芸に秀れていた。幕末に上洛を目指す水戸天狗党を迎え討った戦いでは、足軽隊長として十八人を指揮したほどだ。この彦右衛門が江戸へ出た時にたまたま果たし合いを見たんだ。黒山の人が見守る中、刀を構えた二人は、五メートルも離れ蒼白な顔で睨み合ったまま、一時間も微動だにしなかったそうだ。命がかかっているからな。チャンチャンバラバラは、お前の好きな講談と映画だけだよ」。

　父はそう言うと、さもおかしそうに笑った。

　私は物語や小説でも、その世界に完全没入し、すべてを信じ切る純朴さがあった。

　小学校四年の頃に読んだ『クオレ』では、いつも青いジャケットを着た、眉目秀麗成績抜群で思いやりのあるデロッシに憧れた。そよ風に長い金髪をなびかせながら涼し気に遠くを見る姿を真似たりした。私だって当時のクラス写真を見ると可愛さは異彩を放っていたのだ。

　大学入学祝いとして母に頼んだのも、デロッシの着ていたのと同じ青いジャケットだった。これで街を歩き涼し気に遠くを見たりすれば女の子が堪《たま》らず寄ってくるはずだったが、誰一人気づいてもくれなかった。私の容色が小学校をピークに著しく下降したせいだろう。

　映画からも深い影響を受けた。小学校五年の時、西部劇「シェーン」を父と見に行ったが、アラン・ラッド扮するシェーンが、バーでならず者に、グラスに入ったウィスキーを顔にかけられるシーンがあった。ここでシェーンが顔色一つ変えずに言った一言、「調子づくなよ」がいたく気に入った。中学生になっても、友達に気に入らないことを言われた時には必らず「調子づくなよ」と言って威嚇した。

　女房にそんな話をすると、「物語や映画の人物になり切るなんて。単純というか幼稚というか」と呆れる。小説、物語、映画、言い伝えを素直に信ずるという私の美質は三人息子の次男に受けつがれた。

　英国から帰国してしばらくした夕方、それまで降っていた雨が上がると、東の空に大きな虹がかかった。幼稚園年長だった次男は「ママ、ちょっと虹を見てくるね」と言って、二歳の弟と連れだって外に出て行った。一時間余りたっても帰らない。不安になった女房が自転車で、母が歩いて近所を捜索に出た。どこにも二人の姿は見当らない。暗くなっても帰らないので私が「警察に届け出よう」と決断し受話器をとり上げた時、手をつないで二人が帰って来た。

女房に問いつめられた次男が、「あの家の上に虹が乗っている、と思ってその家まで急いで行ったんだけど、虹が向うに逃げちゃったんだ。それでまた追って行ったんだよ」と言った。「何でそんなバカなことするの」と叱られ次男はべそをかきながら、「だってライアが虹のたもとには宝物が埋まっていると言ったんだもん」と言い、掌で目をこすった。ライアは我が家に出入りしていたオックスフォード大学の女子学生で、彼女が息子達に話した英国の古い言い伝えを次男はそのまま信じたのだった。私達はそれ以上叱らなかった。子供のうちは夢を見ていて欲しい、と話し合っていたからだ。

私達にはこんな思いがあったから、また「サンタさんは嘘でした」とも言えなかったので、クリスマスイブには真夜中に息子達の枕元にプレゼントを、何と結婚して家を出るまで置き続けたのである。先日、三十代後半となり一児の父となった次男に女房が聞いた。「いつ頃までサンタを信じていたの」「それがね、ずっと信じていたんだ。二十五歳くらいまで。本当にずっと信じていたんだよ」と言った。女房が、「えー、そうだったの」と言って笑った。横で三男が「痛い奴だ」とつぶやいた。

ゲーテは一八二五年、友人エッカーマンにこんなことを語った（『ゲーテとの対話』）。

「古代ローマの英雄物語について、実際にあった話ではない、ローマ人の偉大な精神が作り上げたフィクションにすぎない、などという批評家がいる。しかしだな、ローマ人の偉大な精神が創作したものであればこそ、それをそのまま信ずるのが偉大な精神と言えるのではないか」。

私は女房に、「どうだ参ったか、偉大な江戸庶民文化やイタリア児童文学を信じた僕や、偉大なヨーロッパ古話を信じた次男が偉大ということだ」と言ったら、女房が「オレオレ詐欺に最もひっかかりやすいタイプね」と付け加えた。（二〇二一年三月）

不思議な糸に導かれ

小学校四年生の春、新しい図画工作の先生が着任した。強い天然パーマとギョロ目が特徴の、やせて颯爽とした二十七歳の美青年だった。三年生以上がこの先生に習うのだが、瞬く間に学校一の人気者となった。

母親譲りの不器用で図工の成績はいつも五段階の二という私でさえ、週に一度、二階建て木造校舎の一階西端にあった図画工作室へ向かうのが楽しみだった。

話が抜群に面白かった。十八番は二等兵物語だった。終戦直前にしばらく陸軍にいた先生の、ユーモアたっぷりの語り口に私達は腹を抱えて笑い、憤慨し、時にはペーソスにシュンとした。生真面目な堅物教師、軍隊上がりの鬼教師、日教組バリバリ教師などの中で、先生の自由奔放な発想は新鮮で私達の心を摑《つか》んだ。

「君達、刑務所の塀の高さと棒高跳びの世界記録はどっちが高いんだろうね」と尋ねた時は、私が「先生、棒高跳びの練習しようとしてるんだ」とまぜ返し教室は笑いに包まれた。

「フグを食べたサメは死ぬのかなあ」とか「双眼鏡を逆から見ると近くのものが遠くに見えるだろう。子供の頃にそうやって椅子から飛び降りようとしたらね、崖から下を覗くようだったよ」と言って私達を煙に巻いた。

「君達も正月には近所の神社にお詣りに行くだろう。ところで自分の家の前に賽銭箱を置いてお金を集めちゃいけないのかな」、「ほんの少しのことを雀の涙って言うけど、誰か雀の涙を見た人いるかい」などと言っては私達を爆笑させた。

物語や詩の話も多く、藤村の「初恋」（まだあげ初めし前髪の　林檎のもとに見えしとき……）を黒板に書いたりした。

数理的な話も好んでされた。五年生の時だった。「今年の進学適性検査（今の大学入学共通テスト）にこういうのがあった。太郎と次郎が百米競走をしました。太郎がゴールした時、次郎はまだ十米後ろにいました。そこで二度目は太郎がスタートラインの十米後方から出発して競走しました。さてどちらが勝つでしょう」。

生徒達から「太郎が勝つ」「次郎が勝つ」「同時だよ」の声が入り乱れた。二分程して先生が「誰か自信のある人はいるかい。いないなら教えてあげよう」と言った。

「待って、わかりそうだから」と私が甲高い声で叫んだ。間もなく再び叫んだ。「できた、太郎が一米勝つ！」「ほう、どうしてだ」「次郎の速度は太郎の九割ということになるでしょ。だったら太郎が百十米走ってゴールした時に、次郎はその九割、すなわち九十九米地点にいる」。先生は大げさに感心してくれた。私が数学の虫となるきっかけの一つとなった。

その半年後、修学旅行先の箱根で、夜に酒を飲んだのも先生だった。「小学生引率という重い責任を負いながら酒を飲むとは何事か」とＰＴＡが騒いだ。急先鋒がＰＴＡ副会長の私の母だった。夕飯時に私が先生を必死に弁護したせいか、口を尖らせて非難していた母が振り上げた拳を下ろしてくれた。

小学校を卒業して初めて先生を思い出したのは、アメリカでの研究教育から帰国した三十代前半の頃だった。新聞紙上で見覚えのある顔に目が止まったのだ。「絵本作家の安野光雅氏、国際的賞を受賞」とあった。先生だった。私が卒業して数年後に教師に区切りをつけ、画家、そして絵本作家の道を歩まれていたのだった。

しばらくしてお目にかかることになった。ホストがはかま満緒氏で先生が常連ゲストのＮＨＫラジオ番組「日曜喫茶室」に、私がゲストとして招ばれたのである。

先生にお会いするなり、「武蔵野四小でお世話になりました」と申し上げたら嬉しそうな照れ臭そうな表情をされた。

読書家の先生はすでに私の『若き数学者のアメリカ』（新潮文庫）を読まれていて、あの藤原少年かを知人の数学者に確かめ、番組に私を招待して下さったのだった。

私がリクエスト曲として昭和六年の「月の浜辺」を挙げたら、「君にそんな趣味があるとは知らなかったなあ」と驚かれた。

十年ほど前には、先生の故郷津和野の安野光雅美術館で先生と対談した。私は「数学、文学、郷愁、ユーモアなど私がいま最も大事にしているものをすべて、小学校時代に安野先生に鼓吹《こすい》してもらった」と話した。

先生は、女房と私に風景画を一枚ずつ下さり、「僕の絵はね、毎日見ているとガンにならないと言われているんだ」と言われた。女房はどうでもよいので二つを私の書斎に並べて飾り、毎日眺めることにした。

次にお会いした時、先生は肺ガンを患ったと明かされた。「あれ、絵を毎日見なかったのですか」と聞いたら、「いや見ているから全然悪化しないんだ」と胸を張られた。実際、克服された。

先生との共著『世にも美しい日本語入門』（ちくまプリマー新書）を出したが、そこで先生は「藤原正彦に何か弱味はないんですか、とよく人に聞かれるんで、恐妻家だ、いい気味、と答えることにしている」とおっしゃって笑われた。

先生が二〇二〇年暮、九十四歳で亡くなられた。

二十代の頃の一人旅を思い出した。解析数論のある難問に行き詰まった私は大した予定も立てず旅に出た。

山陰の片田舎で、分教場であろうか古びた木造校舎と畑にはさまれた道をとぼとぼ歩いていると、どこかの教室から九九が聞こえてきた。その声はメロディーを伴いリズムに乗って、合唱のように春の野を満たし、スルスルと青空に吸いこまれていった。晴れやかな九九のリズムが早春の輝きに見事に調和していた。

長期間の悪戦苦闘で尖《とが》りに尖った心が、ひさしぶりの安らぎを覚えた瞬間だった。なぜか涙がこみ上げ、私はそのまま立ちつくしていた。

後年、先生に確かめると、その学校こそ先生の母校、津和野小学校だった。不思議な糸に導かれてあの時あそこに立っていたのだ。もう一度、あそこにじっと立っていてみたい。

（二〇二一年五月）

愛とディスタンス

ソーシャルディスタンスとは、「感染拡大を防ぐため距離をとること」の意だが、臆病かつ律義な私は新型コロナが下火になる最近までこれを厳格に守り、息子達さえ我が家に来させなかった。

孫に会いたくなると広々とした公園の芝生でランチをとったり、お盆に墓参りを兼ね山荘に全員集合した時は、ＰＣＲ検査陰性を参加条件としたほどだ。

会議、会合、講演、インタビュー、打合わせなども可能な限りズームでこなした。行きつけのジムやギョーザ屋やそば屋にも行かなかった。

秘かに慕情や激情を抱く女性達とも会わなかったのは、ソーシャルディスタンスを保てない自信があるからだった。こんな生活の中で、ソーシャルディスタンスが人や物や場所への愛着を確実に弱めることをしみじみ知った。

振り返ると私は、新型コロナよりずっと以前からソーシャルディスタンスに翻弄されてきた。日米英の大学で四十年間、しかもそのうち三十年余りは女子大で教え、研究室を訪れる実に様々な学生達に対処してきたからである。

ゼミの学生、数学に関する質問や人生相談の学生、中には成績の交渉や著書へのサインをもらいに来る者、そして私の放つフェロモンに目眩《めま》いを起こした者までいた。そう言えば息子の写真を見せてくれと言って来た女子学生もいた。

ゼミや質問なら黒板で説明できるから距離は考えなくてよい。それ以外は危険に応じて距離をとることになる。要注意は試験が不出来で単位を落としそうな学生である。彼等は大てい私の近くに寄り小声で話すことが多いのである。

コロラド大学で教えていた頃、試験で全く出来なかった女子学生が、「夕食を御馳走したい」と私を彼女のアパートに誘った。すぐに罠と分かったから断ったが、ビジネス専攻のS君には手こずった。試験が不出来で落第点を付けた学生だったが、「先生の科目がC以上でないと成績不良で退学になってしまいます」と言う。アメリカ人学生がこういった理由を持ち出す時は大てい嘘、と経験から知っていたので受け流していた。

ところがこの男、なかなかの強《したた》か者で、私の態度が硬いと見るや、私がいかに偉大な教授であるかとか、日本人が世界で一番頭がよいとか私の喜びそうなことを次々と言い始めた。おだてに乗りやすい私の微妙な変化に気付くと、Sは自分がメキシコ系移民の貧しい家に生まれ、高校を出てから一年間つらい肉体労働に従事し学資を作った、ここで退学となったらすべてが水の泡となる、と綿々と語った。

泣き落とし戦術に大いに心を動かされた私だったが、ふと我に返り「残念だが教師は公平でなければならない」と断った。すると、Sはやおらソーシャルディスタンスを破ると私の耳元で、「千ドルではどうですか」と囁《ささや》いた。無論追い返した。

腹が立ったので仲良しの同僚の所に行きぶちまけたら、「千ドルか。僕のクラスにもそんな学生が何人かいたらなあ」と笑われた。

次の初春だったか、雪融けの大学駐車場を夜間一人で歩いていたら制服警官に呼びとめられた。警官に呼ばれて逃げたら射殺される。身をすくめて立っていると傍まで来て言った。「今晩は、私を覚えていますか」「よく分かりませんが」「先生、僕ですよ、去年先生のクラスにいた」。警官はそう言うと帽子をとり、「昼は授業に出て夜は警察で働いています」と言い屈託なく笑った。退学となっていたはずのSだった。

女子大ではあらぬ疑いをもたれないため、研究室のドアはいつも開け放していた。時たま変な学生がふらりと現れることもあった。こういう者とは三メートルほどの距離をとった上で立ち話しかしないことに決めていた。

ある時、スラッとした見覚えのない学生が現れ、特段用はないのか四方山話を始めた。話に夢中になるにつれ距離をどんどん縮め、ついに六十センチまで近寄った。吐息のかかりそうな距離であり準セクハラ状態と感じた私が慌てて二十センチ後退するとすぐにその距離だけ詰めてくる。追いつめられては後ろに下がりをくり返し、机の回りを何周かした所で授業開始時刻がきたので九死に一生を得た。

視力に問題のある学生だったのか、私をハニートラップにかけようとした米中露あたりの意を受けた工作員だったのか、今も分からない。

ケンブリッジ大学での教育は学部での一斉講義と、学生の所属するカレッジでの一対一、又は一対二の個人教授である。私はクイーンズカレッジの数学専攻二年生全員、七名の男子学生を引き受けた。

研究室の、長さ二メートルほどのソファの真中に私、左右に学生が一人ずつ坐り、彼等の質問に答えたり、前もって提出させていた宿題を解説したりする。ノーベル賞を自然科学において九十七名も出している大学だけあり、よくできた。

至近なので全員の性格から長所や弱点までがよく把握でき、一年たった頃には互いに強い愛着を感ずるようになった。秀才ぞろいの中で自信喪失に陥っている者、進路で悩む者などが相談に来た。

　私が学生を連れ出しておごってやることもよくあった。私の帰国時には学長から、「あなたを慕う七人を東京へ連れて行って指導し続けて欲しい」と冗談半分で言われたほどだ。鋭いセンスとひどい歯槽膿漏のＡ君は今、数学者となり、眞子さまの留学した大学で教えている。

　長い経験で分かったのは、一般的に愛着の強さはソーシャルディスタンスの大きさに反比例するということである。一般的に、と言ったのは例外があるからだ。私達夫婦は外出ができずに始終そばにいたが、当初は仲睦まじかったものの、私の無用の長物ぶりが長期に及ぶにつれ鼻についたのか、女房に愛想を尽かされたからである。（二〇二一年一月）

第二章　「英語教育」が国を滅ぼす

令和元年十一月一日、教育界に激震が走った。翌年（二〇二〇年度）から導入予定だった大学入学共通テストの英語民間試験が、四年以上延期となったからである。

そのための準備をしてきた高校二年生以下の生徒たちは、さぞ混乱しただろう。高二生は高三になる半年後の令和二年四月から十二月までの間に、英語民間試験を二回受け、その成績が大学入試センターを通し、大学側に提供されることになっていたからだ。

民間試験の傾向と対策を練り生徒を指導してきた高校や塾の教師も、仰天しているだろう。間違いなきよう大がかりな態勢を整備してきた英語民間試験請負業者、すなわち英検、GTEC、ケンブリッジ英語検定、IELTS、TOEFL、TEAPなどは、怒り心頭に違いない。実施の半年前になって、突然の延期決定だからである。

延期を発表した萩生田光一文科相によると、延期理由は、「経済的状況や居住している地域にかかわらず、等しく安心して受けられるようにするためには、更なる時間が必要」ということだった。こんなことは当初から教育界のすべての人が言っていたことだった。

一回の検定料が五千円〜二万五千円もかかる英語民間試験を二度受けるから、一人当たり一万円〜五万円もかかることとなる。高二までに前もって腕だめしをしておいた方が断然有利だから、費用はさらにかさむ。それに英検とGTECこそ各都道府県に試験会場を持つものの、他は半数ほどの県にしか持たない。都市部に住む裕福な家の受験生が有利となるのは、誰にでも分かることだった。

このことを萩生田文科相はよく理解していなかったのか、延期発表の八日前になってメディアに対し、「各受験生は身の丈に合った勝負をすればよい」と語った。英語民間試験には他にも問題が指摘されている。採用される民間試験は、出題の目的も形式も難易度もまったく異なる。Aという民間試験とBという民間試験から送られてきた成績を大学はどう比べるのか。五十万人が受ける試験を民間にまかせ、採点の公平性は保たれるのか、成績の漏洩はないのか、なども解決されていない。不祥事が出たら大混乱だろう。

「公平」の大好きな野党やメディアが、鬼の首をとったように大臣の発言にかみついた。身の丈発言は確かに軽率だ。英語民間試験に関するこれまでの経緯を大臣は理解していなかったに違いない。文科相は辞任を回避するために民間試験を延期した、と疑われても仕方ない。

国立大学の入試は公平なものである。例えば数学では、一つの答案に複数の教官が目を通し、公平な採点の結果を念入りに集計し、合計点の高い方から定員までを合格とする。

採点時や合格判定会議には、受験者の名は隠されているから、情実の入るスキもない。どこからどう見ても公平に思える。

ところが、かくのごとき世にも公平な試験の結果、東大生の親の所得が全大学中で最も高い、という不公平な現実が生まれている。公平な試験をすると、裕福な家庭に生まれ、よい家庭教師についてよい塾に通い、一流の私立中高で学んだ生徒の方が、平均的には学力が高いから有利になる。

彼等が東大を出て官界財界でよい地位につき裕福となれば、その子弟によい教育を与えることができ、子弟たちは東大に入りやすくなる。彼等が再び、という形で階層さえ作ってしまうのだ。公平な入試をすると不公平な結果を生む、ということである。

「ヴァイオリンが箱形でないのは何故か」

三十年ほど前、ケンブリッジ大学にいた私は教えていたクイーンズカレッジの入試面接にかり出された。その日は、グリーン、ヘインズ両博士と私が、数学および物理学専攻の面接を行った。

面接は各人につき三十分ずつである。合否はこの面接と、内申書やAレベルと呼ばれる国家試験の結果を半々に見て決定する。面接の点は試験官三人がそれぞれ五段階評価をし合計する。この大学で最重要視されるのは、自ら学んで行く意欲と能力である。質問内容は専門的なことから読書傾向や友人関係にまで及んだ。

教科書に出ていないことでも臨機応変に聞く。趣味がヴァイオリンと言った生徒には、「ヴァイオリンが箱形でないのは何故か」と問うたし、卓球部にいた生徒には「ピンポンをカットすると何故曲がるのか」などと聞いた。物理に疎《うと》い私はよく分からなかったが、分かったような顔をして聞いていた。

実は、答えが正しいかどうかは大した問題でなく、分からなくとも頑張ってどう思考を進めるか、その態度を我々は見ていたのである。数学では基本をよく理解していない者も散見されたが、ケンブリッジを受験する生徒だけに、どの内申書にも抜群と記してあったのは日本と同じでおかしかった。

真っ赤な口紅に真っ赤なマニキュア、真っ赤なロングドレスという出立ちで、香水の匂いをまき散らしながら女生徒が登場した時は、お茶の水女子大に長くいて女生徒に慣れているはずの私が圧倒された。ただ、艶《なまめ》かしい割には質問にうまく答えられなかった。評点を二にするか三にするか迷った挙句、三には私の生来の好色が影を落としていると判断し、二にした。他の二人も二だったのでホッとした。

三者の評点は時折一点の差があったが、二点の差が出ることはなかった。主観的のはずなのにほとんどの場合、同点だったのである。一人だけ凄いのがいた。まだ十六歳のインド人だった。葬式帰りのような黒スーツに黒ネクタイだったが、どんな質問にも的確に答えた。少し困らせてやろうと、整数に関するやや意地悪な問題を出したら、ものの十秒ほどで解いてしまった。ノーベル賞を数十人も出す大学にはこんな生徒が来るのか、と感心していたらグリーン博士が、「やったぜ」とでも言いた気に私に目配せした。

パブリックスクールと公立高校を区別する

試験後、グリーン博士に気になったことを二つ尋ねてみた。

一つは、願書にあった「親戚中のオックスフォードあるいはケンブリッジ出身者」なる欄の使われ方だった。彼はそれが「合否に影響することはあり得ない」と断言した。ただし、別のカレッジの教授は、「質の高い学生を選ぶのがケンブリッジの使命だ。そのためにあらゆる情報を利用する、というのは当然」と言っていたから、ケンブリッジではカレッジにより、あるいは教官により利用方法が違うのかもしれない。

もう一つは、合否判定時にパブリックスクール（寄宿制のエリート私立中高）と公立高校が同等に扱われるかという疑問だった。

イートン校、ハーロウ校といったいわゆるパブリックスクールは英国の私立中高の上澄みとでも言うべき学校だが、学費が年に五百万円ほどかかるため、裕福な階層の優秀な子弟しか入学できない。数万坪の敷地には芝生のラグビーグラウンド、クリケットグラウンド、テニスコートなどを完備し、コンピュータや科学機器が整い、理系教師の大半が博士号を保有する、といった夢のような環境で生徒は六年間を過ごす。

「同等ではありません。もし類似した成績なら公立高校出身者をとります。教育環境がまるで違うからです。条件の違うものは区別するのが当然と考えるからです」。

例えると、総合点で二〇〇点をとったイートン校出身者を落とし、一九二点をとった田舎の公立高出身者を合格させる、ということである。劣った環境の下で勉学しながら一九二点をとる者は、優れた環境の下で勉学し二〇〇点をとる者より、潜在能力は上と見なすのである。日本ではあり得ない話だ。これがケンブリッジの公平なのである。

日本の国立大では、推薦入試やAO入試といった特殊入試を除き、総合点だけで機械的に合否を決定する。内申書は全受験生に出させるが、異なるレベルの高校での成績を、公平に比較する適切な方法がないから、ほとんどの国立大学では一切考慮せず、総合点が同じだった時にちらっと見るくらいのものだ。

ケンブリッジ大学と日本の国立大学との公平は相当に異なると言ってよい。別の言い方をすると、日本の入試における公平は「一切の主観を混入させない」であり、ケンブリッジのそれは、「主観を入れることでより妥当な評価をする」である。

「公平」は欧米の作ったフィクション

「公平」という言葉を日本人は大好きだが、自由、平等などと同じく定義はなく曖昧なものである。雰囲気を示すだけのものと言ってよい。そもそもこの世界には、自由も平等も公平も存在しない。すべて欧米の作ったフィクションなのである。

トマス・ジェファーソンはアメリカ独立宣言を起草した。そこに、「我々は次の事実を自明と信ずる。すべての人間は生まれながらに平等であり、神により生存、自由、および幸福の追求など侵すべからざる権利を与えられている」とある。自明なら神を持ち出すまでもないと思うのだが。

ちなみに自由と平等のチャンピオンとも言うべきジェファーソンは、後にアメリカ第三代大統領となり、アメリカ先住民絶滅計画を力強く推進し、黒人奴隷を百人以上も所有していたことが知られている。二十数年前、ジェファーソン家で働いていた奴隷の子孫が、ジェファーソンの子孫であることがＤＮＡ鑑定により判明し、一流科学雑誌にも発表され話題を呼んだ。自由、平等、公平とは何なのか、雰囲気さえ分からなくなりそうだ。

今般の英語民間試験については、公平が最大関心事となっているが、さほど本質的な論点とは思えない。全国のすべての高校生が経済状況や教育環境で激しい格差の中にある時、「一切の主観を混入させない」という入試の公平が、どれだけ意味があるのかと思ってしまうのだ。

あるオックスフォードの卒業生に日本の入試について話したら、「面接をしないのですか。面接もしないで人間の意欲や能力を判定するなどというのは、受験生をバカにしている」と憤慨されたのを覚えている。面接は主観のかたまりである。ただ、ケンブリッジでの私の経験が示すように、各面接官の印象のブレは極めて小さい。三十分も質問すれば、能力は無論、人間性もかなりよく分かる。私のように口紅、マニキュア、香水の三点セットでＫＯ寸前になる、というハプニングはあるものの、実に多くのことが分かる。日本においてだって、受験生を筆記試験の篩《ふるい》にかけて定員の二倍くらいにすれば面接は可能だ。いつまでも「一切の主観を混入させない」という公平に拘《こだわ》るのは、国民的熱病とでも言うべきものだろう。

「産業競争力の強化」が最大の目標

今回の大学入試改革において、メディアや野党の騒ぎ立てる「民間業者への丸投げ」とか「公平性の欠如」は大した問題ではない。決定的な問題点は、この改革が経済界のイニシアティブで進められてきた、ということだ。この改革の青写真は、二〇一三年十月に教育再生実行会議が発表した第四次提言である。そしてこの提言は、産業競争力会議のお墨つきを得たものを具体化したものと言える。

産業競争力会議とは、アベノミクスにおける第三の矢「成長戦略」を議論するために設けられた首相直下の会議である。二〇一三年三月の産業競争力会議において、当時の下村博文文科大臣は、「産業競争力会議と教育再生実行会議とが、グローバル人材の育成や国立大学改革などに関し、車の両輪として互いに連携をとりながら、成長戦略を描いて行きたい」という趣旨の発言をしている。そしてその年の四月および五月の教育再生実行会議では、下村文科相が産業競争力会議の内容を紹介し、それをたたき台として議論が進められたことが議事録からうかがえる。産業競争力会議のメンバーのほぼすべては政治家と経済人で、教育再生実行会議のメンバーの約半数は教育界の人間ではなかった。

その後、文科省の審議会も検討を加えたが、今回の大学入試改革は出発点から不幸なスタートだったのである。「人間を育てる」が教育の目的なのに、恐るべきことだが、「産業競争力の強化」が最大の目標だったのだから。

教育に関しては、「これからの激しい社会変化に耐えられる人材、グローバル人材の育成」が目標となった。また出てきたかグローバル人材である。ひところ流行った「国際人」がやっと聞かれなくなりホッとしていたら、十年ほど前から猫も杓子も「グローバル人材」だ。

これも「国際人」と同じく意味不明だが、どうやら英語によるコミュニケーション能力やプレゼンテーション能力を身につけた、国際的に活躍できる人間のことらしい。「国際人」と同様、もともと経済界の要請だが、今では企業ばかりか小学校から大学までが、一斉に「グローバル人材」を唱和している。国民の多くも、「英語が自由に操れたらいいなあ」くらいの感覚で、これを支持しているから手に負えない。

英語無能国民の驚くべき事実

経済界、およびそれと蜜月関係にある政府が、「グローバル人材」を強調する理由は、「英語が話せないと国際競争で負けてしまう」というものだ。本当にそうなのか。

世界で一番英語がうまいのはイギリス人だ。なのにイギリスはほぼ二十世紀を通して経済的に斜陽だった。英語が世界一下手な日本人は、その間に最も大きい経済成長を遂げた。

世界一下手は誇張ではない。二〇一七年のＴＯＥＦＬの結果を見ると、日本は先進国（ＯＥＣＤ）三十六カ国中の圧倒的ビリ、アジア二十九カ国中の二十六位、スピーキングに関しては何と全百七十カ国中のビリだ。日本人は英語に関し無能と言ってよいのである。

この英語無能国民が、世界三位のＧＤＰを誇り、自然科学でノーベル賞を二〇一九年までに二十四人も獲得している。今世紀に入ってからはアメリカに次いで世界二位だ。こう考えると、むしろ日本こそは、国民の英語力が一国の経済力や知的生産力に無関係、という驚くべき事実を体現しているのである。経済界や政府は一体いつまで「グローバル人材育成」という愚論にしがみついているのだろうか。

忘れてならないのは、日本のノーベル賞科学者のほぼすべてが、小学校から大学院まで日本の学校に通い、科学の初歩から最先端までを、日本語で学び研究し、ノーベル賞に至ったということである。こんなことが可能な国は、世界でも米英独仏日露の六カ国くらいしかないのではないか。

我が国の学問水準の高さは、日本語で学習し研究できるという土壌によるものとも言える。私達夫婦の仲人であるフィールズ賞受賞の小平邦彦先生はかつて、「日本語は数学を研究するのに有利だ」とさえ言われた。日本語の含みがもつ曖昧さが、思考に幅をもたせ創造性の飛躍を許してくれるというのだ。

ＩＴへの習熟もグローバル人材に必要ということで、小学校からパソコンと親しませることになっているが、これもつまらないことだ。よいソフトやＡＩを作るには論理的思考が必須で、小中学生はパソコンにかまけているヒマがあったら数学をしっかり学ばないといけない。

「グローバル人材育成」を愚論と切り捨てたが、それは愚かなだけでなく我が国に大いなる実害をもたらす。現在、小学校では五年生から英語が教えられているが、二〇二〇年度より、五、六年の英語は正式教科に格上げされ週二、三時間ほど教えられる。教えるのは担任だ。

これには反対論がある。ただし、「小学校教員のほとんどが英語を話せないのに何をどう教えるのだ」「ネイティブが教えない限り反対」「中学英語の内容を小学校に下ろすのなら反対」「私立中学入試に英語が入るだろうから、小学生の負担が飛躍的に増し、可哀そう」といった技術論が大半だ。どれも一理はあるが、小学校での英語は、誰がどう教えようと本質的にダメなのだ。大いなる実害を三つだけ記す。

国民のエネルギーの壮大な無駄

一つ目は、壮大な無駄ということだ。日本人の大半は、たとえ小学校一年から毎週三時間ずつ英語を学習しても話せるようにならない。英語の発音は多少よくなるかも知れない。しかし国語や算数が減らされるだろうから、漢字や九九のままならない日本人が激増するだろう。

英語という教科は、英語を使う可能性のある職業（たとえば外交官、商社マン、学者、スチュワーデスなど）につきたい希望を持った者だけが中学校で全力で勉強すればよい。授業だけでは到底足りず、週に二十時間くらいの猛勉は必要だ。外国語学習は一気呵成の集中が最も効率的なのだ。

小中高大とダラダラ続く日本の英語教育ではまったく効果が上がらないのは、TOEFLの結果などから明らかだ。ほとんどの日本人は、ものにならない英語、役に立たない英語、に多大な時間と労力を注ぐことを強いられてきたと言える。国民のエネルギーの壮大な無駄である。この無駄をこれ以上大きくしようというのだから呆れるばかりだ。

それに加え、AIの進歩である。あるAI専門家は先日、私に「あと六、七年もすればスマホに音声自動翻訳ソフトが入ります」と言った。今でも出来ているが、六、七年後には実用に耐える、性能のよいものが備わるというのだ。

先日、京都の寿司屋に寄った。店主に「京都だから外国人の客も多いでしょう。外国語はどうされていますか」と問うと、「これがありますから」と言って、棚から白色の、手のひらに乗る機器を得意気に持って来た。店主は「これはすぐれもので、日本語と数十カ国語の同時通訳をしてくれるんです。ただ、買うと何十万もするので月三千円で借りているんです。何か日本語で注文してくれませんか」と言ってあるボタンを押した。私が注文すると直ちに英語に翻訳されてきたのでびっくりした。

これ以上のものが六、七年後にはスマホの機能に加わるのだ。今の小学生が社会に出た時には、日常会話程度なら相手がどこの国の人であっても、ボタンを押すだけとなる。八割以上の日本人は、英語の本や新聞や論文を読まないし、英語で難しい商談や外交交渉や演説をしないから、これで十分足りる。国民全員に小中高大と英語学習を強いるのは、どう考えても壮大な無駄であろう。

語学ができるほどだんだん馬鹿になる

二つ目は、日本人としての自覚の妨げになるということだ。幼い頃から英語を学び米英人に教えられるということは、単なる語学を超え、米英的発想、態度、文化を無垢な心に刻印されるということでもある。それは子供達が日本の文化、伝統、情緒、道徳のよさに触れる機会を減少させ、日本人としてのアイデンティティー形成の妨げとなる。

さらには、英語を流暢に操る米英国人へのコンプレックスを助長する結果となる。あってはならない英米文化の世界支配、に加担する結果にもなりうる。外国文化を忌避する必要はないが、小学校ではまず自国の文化、芸術、文学などに触れ、自国への自信と誇りを身につけることが先決であり肝要である。

三つ目は、教養を積む妨げとなることだ。小中高で英語などにかまけていると、古今東西の名著を読む時間がとれず、教養が身につかない。例外的に優秀な者を除き、「教養と外国語並び立たず」なのだ。かつて英文学者の中野好夫氏は、「語学ができるほどだんだん馬鹿になる人間の方がむしろ多い」と述べた。

教養の大切さは拙著『国家と教養』（新潮新書）に詳述した。そこでも紹介したが、ある商社マンがロンドンに赴任していた時、取引先の家に招かれた。そこで尋ねられたのは「縄文式土器と弥生式土器はどう違うのですか」だった。「元寇は二度ありましたが、二つはどう違ったのですか」とも尋ねられたという。こういう質問に答えられないと、知的につまらない人と思われ、次に招いてくれなくなり商談も進まなくなるという。

私自身、ケンブリッジ大学でフィールズ賞のトンプソン教授に初対面した時、こう聞かれた。「漱石の『こころ』の中に出てくる先生の自死と三島の自死とは関係あるのですか」。英語など、世界に出ればカタコトでいいのだ。教養があるかないかなのだ。話し方より話す内容なのである。

またタイやサウジアラビア大使を務めた外交官の岡崎久彦氏は私にこう語った。「外交交渉において勝負は、結局のところ『教養と人間的魅力』なのです」。グローバル社会で生き抜くため、若いうちに充分に鍛えるべきは、英語ではない。読書を通じ、知的充実に励むことなのである。

英語、IT、プレゼンは小手先技術

これほど無駄で、実害のある「グローバル人材育成」は愚民化政策と言って過言でない。反日的とも言える愚策に十年余りも政府や経済界が拘泥《こうでい》するのには訳がある。二〇〇一年に成立した小泉竹中政権の頃から、半ばアメリカによる洗脳と強要により、日本は新自由主義に大きく舵を切った。規制緩和、規制撤廃などを合言葉に、人、カネ、モノが自由に国境を越えるグローバリズムにのめりこんで行った。

互いを思いやるという日本型社会に、競争と評価という世知辛いシステムが導入され、人々は生き残るため、我が国になかった自己中心主義や金銭至上主義に傾いた。そして政府は、グローバリズムでの敗者とならぬよう、デフレ不況克服という課題もあり、経済至上主義を政治の基軸に据えるようになった。

当然の成行きとして、経済界の発言権がそれ以前に比べ格段に高まった。とりわけ、小泉竹中内閣の時代から、規制を作り守るのは官僚ということで、官叩きや官外しが始まり、代りに首相直下の経済財政諮問会議や規制改革会議などが、外交、国防を除く多くの政策の大綱を決めるようになった。各省庁はそれらをつつがなく実行する機関に成り下がった。

　そしてこれら内政を決定する、最強力な会議のメンバーのほとんどは、経済人、および新自由主義に染まったアメリカ帰りのエコノミストであった。この時以来今日に至るまで、官邸直属の会議による内政主導が続き、その主たるメンバーも経済界によって占められてきている。例えばここ二十年間の大きな教育改革のほぼすべては、専門性のある文科省でなく、いわば教育の素人である経済界の提起したものであったと言える。

　彼等にとって教育とは、大学を出てすぐに役立つ有能なグローバル戦士の育成なのである。英語、IT技術、プレゼンテーション技術といった小手先技術を小中高大で掲げたのはそのためだ。これでは文学者も芸術家もノーベル賞科学者も出なくなる。

　教育とはむしろ、「グローバリズムは決して人間を幸福にしない」、「経済より大切なものがある」といったことを分かるだけの教養や情緒を持つ人間を育てることなのだ。（二〇二〇年一月）

第三章　論理と情緒

そして何より言葉

アメリカにいた頃、数学科だけでなく他学科を教えることもあった。ビジネス専攻一年生を担当したこともある。皆のいやがる授業だったが、同僚の一人が「秘書になりたい可愛い娘がいっぱいいる」、と言ったので即座に引き受けた。その通りだったが、1／2＋1／3を計算できない者がいたのには閉口した。

そんな学生でも、地図上で日本とフィリピンを間違えるようなハイティーンの小娘でも、議論になると滅法強い。筋道を立てて話すし、相手の弱点をつくのも巧い。私が何かユニークなことを言うと、「面白い見方だが、あなたは数少ない現象から不当に一般的な結論を導いている」、などと小癪なことを言う。

日米の学生に知識テストを受けさせれば日本の圧勝だし、議論をさせればアメリカの圧勝となる。これは学生に限らず一般人でも同様である。

彼等は小学校の頃から、論理的に考え説得力をもって表現するよう教育されている。これは西洋の伝統でもある。

古代ギリシア・ローマのアリストテレスやキケロなどが強調した雄弁術（修辞学）は、十二世紀頃にヨーロッパで大学が創設されて以来、二十世紀に至るまで教養科目の柱の一つとして取り入れられていた。

とりわけアメリカのような、言語、風俗習慣、宗教などの異なる民族の寄り集まりでは、統治するには全人類に共通の唯一のもの、すなわち論理を用いるしかないから、そんな教育が重視される。

一方、人種のるつぼから程遠い我が国では、熱弁をふるわなくとも、以心伝心、腹を探る、空気を読む、忖度などで大体足りる。逆に理屈ばかり言うと疎まれる。「智に働けば角が立つ」のだ。論理一辺倒で口角泡を飛ばすアメリカ人やフランス人に比べ奥床しいが、その分、論理的に話すのが苦手である。

菅（義偉）内閣の支持率が二〇％台と、政権発足以来の最低となっている。理由としてコロナ対策の失敗等もあるが、根本にあるのは国家観と歴史観の欠如、そして何より言葉であろう。

人を動かすには説得力のある論理的な言葉、そして胸を打ち情に訴える言葉が必要だ。

これらが決定的に欠けているから人心は離れ緊急事態宣言も効かない。

三十代前半、お見合いで連敗を続け、「数あるボーイフレンドの中で顔も人格も最低だった」（女房談）私が、女房を陥落させたのは、私の妖しくも魅惑的官能的な言葉が女房の理性を麻痺させたからだった。

菅内閣の面々はコロナ禍での五輪開催に関しても、「安心安全」と繰り返すばかりで、なぜ開催し、なぜ安心安全なのかの根拠を示さなかった。実際その間の感染者急増により医療は崩壊した。

我が国の政界とは、権謀術数、忖度、腹を探ること、等に長《た》けているだけで出世する世界なのだろう。質問に対しては、言質《げんち》をとられないよう不明瞭な言葉を弄しては逃げ、責任を追及されれば真正面から答えず質問をはぐらかす。こういった態度は国民の目に不誠実で無為無能無策と映る。信頼を失えば、どんな言葉も虚しく響く。

トップに立つ人の必須条件は、国民の心に響く言葉を発することのできる資質である。

英国王ジョージ六世（エリザベス女王の父）は、ヒトラーによるポーランド侵攻の二日後、一九三九年九月三日、対独宣戦布告を行なった。

「我が国は歴史上最も重大で存亡のかかった危機に直面している。余は今、一人一人の英国民の家を訪れ、自ら語りかける積りで話す。……この試練の時に当り、余は国民の冷静かつ断固たる連帯を望む。今後、辛く暗い日々が待ち受けていよう。戦争は戦場だけに収まるまい。しかし我々は正義を貫き神への大義を果たすのみである。我々がどこまでもこの大義に忠実であり、いかなる任務や犠牲をも厭《いと》わない限り、必らずやいつの日か神の御加護により我々は勝利するであろう。神よ、我々に祝福と御加護を」。

　昭和天皇は終戦に当りこう語られた。

「朕は時運の趨《おもむ》く所、堪え難きを堪え、忍び難きを忍び、以て万世の為に太平を開かむと欲す。……確《かた》く神州の不滅を信じ、任重くして道遠きを念《おも》い、総力を将来の建設に傾け、道義を篤くし……爾《なんじ》臣民、其《そ》れ克《よ》く朕が意を体せよ」。

　英国民は国王の言葉でドイツによる大空襲に耐え抜き、日本国民は天皇の言葉に涙し、準備の整った本土決戦を諦め、武器を置き、廃墟からの復興に力強く立ち向かい奇跡の復興をなしとげた。

　ドイツのメルケル首相は二〇二〇年三月、ロックダウン決断にあたりテレビで国民に次の趣旨を語りかけた。

「第二次大戦以来、私達がこれほど連帯を求められた試練はありませんでした。政府の基本方針は、感染速度を少しでも遅らせ、我が国の優秀な研究者達が治療薬やワクチンを開発するまで、少しでも時間を稼ぐことです。ロックダウンはそのためのものです。自分一人がどう行動しても大した影響はないだろう、などと一瞬たりとも考えないことを望みます。一人一人が今試されているのです」。

国民はこれを納得し、自由や人権など民主主義の根幹への介入であるロックダウンに従った。そして首相はビオンテック社に五百億円近くのワクチン開発支援を行い、同社はファイザー社との共同開発に成功した。

英国王と天皇は情緒に訴え、独首相は論理に訴えたのである。我が国は現在、荒れ狂うコロナ禍で医療崩壊に直面し、飲食業など中小企業が大量に倒産するという国難の真只中にある。今こそ望まれるのは信頼できる指導者の、国民の心を震わせる力強い決意の言葉だ。

ところがそんな言葉を発することのできそうな、論理と情緒を兼ね備えた政治家が与野党のどこにも見当らない。実はこれこそが真の国難なのである。（二〇二〇年十月）

読書と山とクラシック

ケンブリッジ大学には、学生や卒業生の編集する、新入生のためのガイド本があった。そこにオックスフォード大学との比較と称し、ケ大の優位を主張する記事があった。「オ大の人間は『世界は俺のもの』という顔で歩く」「ケ大の人間は『世界が誰のものでも構わない』という顔で歩く」。首相を二十数名輩出したオ大より自然科学でノーベル賞を九十名以上輩出したケ大が上ということだ。

「オ大では日本の皇太子が学び、ケ大では英国の皇太子が学ぶ」。これはいささか不愉快だったので若い数学科講師に「英国王室はいくつかの王朝で九百年、皇室は万世一系で二千年だが文句あるか」と言ったら、古いものほど偉い国だけにいたく感心した。

帰国を控えた一九八八年秋、ロンドンのニューススタンドの大衆紙一面に特大の見出しが躍っていた。「ヒロヒトよ、地獄がお前を待っている」。

昭和天皇の容態悪化は現地のテレビや新聞も伝えていた。外国にいるせいもあるのだろう、私は父親が危篤というような気分でいたが、この見出しには、渋く気品溢れる英国紳士に変身していた私も逆上した。ニューススタンドを根こそぎひっくり返したい気持にかられた。

英国はマレー半島やビルマで日本軍に木端微塵にされ、計十数万人の捕虜を出した。そして何より、長期間にわたり英国経済を支えたインドなど、アジアの植民地すべてを失った。オランダとフランスも日本軍に惨敗し、インドネシアとインドシナ半島を失った。

英国の歴史学者トインビーは一九五六年、英紙オブザーバーにこう書いた。

「日本は第二次大戦において、自国でなく大東亜共栄圏の他の国々に思わぬ恩恵をもたらした。(中略)それまで二百年の長きにわたってアジア・アフリカを統治してきた西洋人は、無敵で神のような存在と信じられてきたが、実際はそうでないことを日本人は全人類の面前で証明してしまったのである。それはまさに歴史的業績であった(拙訳)」(拙著『日本人の誇り』文春新書)。

日本人は無論そんなことを目的としていなかったが、結果として西洋の植民地主義に終止符を打ったのである。植民地の喪失は西欧の経済と自尊心にとって最大級の痛手であった。これに捕虜やその家族の恨みも加わり、昭和天皇は一九七一年の英蘭訪問で日の丸を燃やされ、卵を投げつけられ、抗議デモにあった。皇太子時代に訪れた懐かしの場所での強い反感に驚かれた陛下は、「戦にいたでをうけし諸人のうらむをおもひ深くつつしむ」と詠まれた。

　十数年前、ドイツを訪れた私はベルリン大聖堂前の公園で、八十歳くらいの品のよい白髪女性がベンチに一人で座っているのを目にした。品のよい未亡人とあっていつも通り話しかけた。

　日本人と告げると、「二十年ほど前、このベンチで同じように美智子妃に話しかけられました」と言った。美智子妃と私は同じ趣味らしい。「あんなに美しく気品のある方を見たことはありません。一週間ほどたって日本大使館でベルリンのジャーナリストを集めた茶会があり、今は亡き夫と共に私も招かれました。美智子妃は立ち並ぶ一同の中からすぐに私を見つけると、歩み寄られ『この間、公園でお話ししましたね』とやさしく声をかけて下さったのです」。女性は目に涙を浮かべ声をつまらせた。

　二〇〇〇年のオランダ訪問では、戦争犠牲者の慰霊碑で平成の両陛下は一分間余りの不動の祈りを捧げた。養護院で皇后様は、泣きじゃくる女児を抱き上げじっと抱きしめられた。これら光景はテレビを通して全国民を感動させた。オランダはこれを機に親日国になったと言われる。

英国においても、二〇〇七年の訪英時にはもはやデモはなく、二〇一二年のエリザベス女王即位六十周年祝賀会では、各国王族列席の昼食会で、何と陛下はエリザベス女王の隣席という待遇を受けた。令和の天皇即位の日には、母校オックスフォード大学で祝賀の鐘が十五分も鳴り続けたという。

平成の両陛下は千人の外交官でも成しえない大仕事をなされたと言えよう。

十年前（二〇〇九年）、父の『劒岳　点の記』（文春文庫）が映画化された時、試写会に浩宮様がご臨席された。殿下を挟む格好で木村（大作）監督と私が座った。ごく自然に両側の肘掛に腕を置かれた殿下は、二時間十九分の間、微動だにされなかった。

その間、大日本帝国生まれの監督と私は肩をすぼめ内股となり硬直していた。ふと左隣の女房を見ると、何と「足がむくんじゃった」とか言ってハイヒールを脱ぎ脚を組んでいた。不届き不埒不敬とはこのことだ。

直後の俳優を交えた懇談会で殿下は、「新田次郎さんの小説はほとんど読んでいます」と私に仰《おつしや》られた。極端に素晴らしい御趣味と拝察した。ついで山好きの女房に「日本百名山をいつか全部登りたいのですが」と仰られた。「映画で流れたビバルディはバイオリンのパートがチェロになっていましたね」と指摘もされたから音楽の御造詣も深い。

私の尊敬する東京女学館の今は亡き四竈《しかま》（経夫）校長はかつて、「私の教育目標は生徒達に三つのこと、読書と山とクラシック音楽の愉しみを教えることです」と言われた。殿下はまさにこの三つの達人でいらっしゃる。令和が楽しみだ。

殿下は、映画に少しだけ登場した女房に「映画に出られてどうでしたか」と尋ねられた。何度お会いしても直立不動となってしまう私だが、この時はなぜか発作的に質問を横取りし、「全くあがりませんでした。感受性が鈍いということは映画出演には有利なようです」とお答えした。

一瞬困惑の表情を浮かべられた殿下は、間をおいてから「そんなことはないでしょう」と仰せられた。帰り道で女房に「殿下は大変な教養人だけどブラックユーモアまではお分かりにならないようだね」と言ったら、「あなたのような下品な人にお会いになったことがないからよ」と言った。（二〇一九年七月）

ヨーロッパの轍

三男が二〇一九年四月、フィレンツェの教会で結婚式を挙げた。「藤原家は諏訪の浄土宗正願寺の檀家総代を代々務めてきた家だぞ」と何度も諭したが、末っ子だけに親の言うことを聞かなかった。

ホテルから式場の教会に向かっていると、後ろから「あっ」という次男の低い声が、続いて女房の「あっ」という高い声が聞こえた。振り返ると女房が小路に向けて走り始めている。その十メートルほど先を次男が猛然と走っている。とりあえず私も二人を追うと、駿足の次男がやはり駿足のジーンズの女に追いついた。手を振りほどこうと暴れる女を次男は大外刈で投げ飛ばした。次男のバッグからケータイと財布を盗んだスリだった。

三人でジーンズ女を取り抑えながら、正装の日本人の活劇を見ようと集まった二十ほどの人々の中から、私を熱い眼差しで見つめていた美女を選び「警察を呼んで下さい」と頼んだ。五分ほどで来た警察官の尋問にスリは伊語で答えられなかった。

帰路に寄ったドイツのミュンヘンも、十年前と様変りしていた。繁華街の街路樹の下でジーンズの男女が意識不明で横たわっている。通りがかった男が「麻薬だな」とつぶやいた。立ち止まって見つめていたら、身なりの崩れた中年女が聞いたことのない言語で私に何か毒づいた。静謐《せいひつ》だった街が喧騒のるつぼとなっていた。

当地に長く住む日本人が私に、「ここ十年の移民の急増で街は一変しました。人々は余裕を失い、ギスギスして笑顔をなくしてしまいました」と肩を落とした。

帰国した京都で、道に迷ったスウェーデン人の学生六人を哲学の道まで連れて行くことになった。「ストックホルムを訪れたことがある」と言ったら、皆が急に真面目な面持ちとなり「いつ」と聞く。「十五年ほど前だが」「あーよかった。今は押し寄せた移民で何もかもすっかり変わってしまったから」。口々に言った。

「北欧までとは知らなかった。高福祉だからかな」。百九十センチほどの男が言った。「その通り。今では失業保険受給者の過半数は移民です。一千万人の人口に対し移民はすでに二百五十万人となり、今も毎年十数万人入っています。移民の住む地区はスラム化し頻繁に暴動が起きています。性犯罪は十年前の数倍になり、その七五％は移民によるものです」「多文化共生社会の模範と言われていたのに」。

女子学生が応じた。「私達は夢を見ていました。今やネオナチから発した極右政党が総選挙で大躍進する有様です。あなたの見た平和なスウェーデンをそのまま胸にしまっておいて下さい」。

西欧と北欧は無邪気だった。どの国も少子化による労働力不足を補うために進んで移民を受け入れたのだが、当初は「仕事が一段落したら母国に帰る」と誰もが思っていた。単身で来た移民青年が、数年後に家族や親戚をよぶことや、移民の出生率の高さなども想定していなかった。

低賃金でほとんど税金を納めない人々のための健康保険や失業保険による地方自治体の財政逼迫《ひっぱく》、自国の言葉を話せない青少年を大量に引受ける教育現場の混乱も想像しなかった。

治安の悪化や国内労働者の賃金低下は予測したものの甘かった。最大の思い違いは、移民が移住先の文化や伝統、そして価値観にいずれ同化するだろうと思ったことだった。

ごくたまに出た保守派による移民政策への批判は、政府やメディアによる「差別主義者」とか「ファシスト」の一語で叩き潰された。職を追われた人々もいる。移民による犯罪の報道は、差別を助長しかねないとの配慮から自粛されるか、母国が特定できないよう糊塗《こと》された。

二〇一五年大晦日のケルンでの移民千人による数百人のドイツ女性に対する性的暴行は、ドイツでは四日間も報道されなかった。

二〇一六年になって西欧北欧は、世論調査で圧倒的多数が移民政策を否定した。安い労働力と人道主義に浮かれているうちに、自国が瓦解していたことにやっと気付いたのである。遅すぎた。元のヨーロッパにはもう戻れないだろう。移民とは不可逆過程なのだ。

ここ十年間、移民急増への危機感が大きな声とならなかったのは、「差別主義者」の烙印が西欧人にとって耐えられないからだ。跋扈《ばつこ》するPC（ポリティカル・コレクトネス）に加え、西欧には歴史的負い目があった。移民の母国とはほとんど、かつて西欧が植民地として残酷に搾取し、蔑視し、奴隷を連れ出した土地だったのだ。その上アメリカには先住民虐殺や奴隷制への負い目、ドイツにはホロコーストの負い目もある。東欧が移民を厳しく規制したのはこういった負い目がないからだ。

グローバリズムのもたらした熾烈《しれつ》な競争は大企業だけではなく政官をも巻き込んだ。政官財が一体化したため、どの国でも政官そしてメディアまでが大企業の意向に沿うという経済至上主義となった。移民が止まらないわけだ。

すでに世界四位の移民大国となった日本はこの四月に、専門職に限定されていた在留資格を単純労働者にまで広げた。二〇二五年までに技能実習生という名の移民五十万人を受け入れるという。介護、土木、建築などに人手がないと言うが、過酷な労働の割に低賃金だから人が集まらないのだ。

二十年間も給料を上げず、全雇用者の四割を非正規としたから企業の内部留保は史上最高の四百七十兆円だ。こういった職種の給料を倍にして正規雇用とすれば、年収二百万未満の非正規社員が千六百万人もいていくらでも集まる。そうすれば結婚も可能となり、少子化も解決に向かう。

日本の政官財メディアはヨーロッパと同じく、安い労働力の欲しい経済界に迎合し、移民受け入れ支持だ。安価でほぼ無尽蔵な移民への依存は始めたら止められない麻薬だ。我が国にもPCや歴史的負い目があり、警鐘を鳴らす人が少ない。日本はヨーロッパの轍《わだち》を歩み始めた。（二〇一九年八月）

蛍の灯

アメリカからの友人と蛍の観賞をしていたら、たまたま彼の腕にとまった蛍を慌ててはたき落としたので驚いた。英語では燃えるハエ（firefly）ということを思い出した。

子供の頃、初夏の信州では田や小川に蛍が乱舞していて、私は夕飯をかきこむや友達と蛍狩りに飛び出したものだ。

父と母が新婚の頃、夕暮れの利根川べりを散歩していた時、父が「指させば蛍の光ふと消えて夕べは涼し利根の川べり」と詠んだという。富士山頂で何年も越冬気象観測に従事していた山男がいきなりこんなものを詠んだので、母はよく覚えていた。

数年前、女房が「あなた、田舎の蛍しか知らないんじゃ。都の蛍を見ないと」とか言うので、はるばる下鴨神社まで行くことになった。

糺《ただす》の森のせせらぎで目をこらすと、土手の草むらのあちこちで蛍が光っては消える。紫式部もここで蛍を指さしながら詠んだのだろう、「声はせで身をのみこがす蛍こそ言ふよりまさる思ひなるらめ」。闇に光る蛍が静かに燃える恋心と映ったようだ。

本殿の裏の森に入ると、さらに多くの源氏蛍がいた。私のすぐ前で二匹の蛍がスルスルと木々を越え、曲線を交叉させながら暗空へ二つの星にでもなりたいかのごとく昇って行った。不意にいろいろのことが思い出され胸が熱くなった。

西洋人は暗闇の蛍を見て、幻想的な美しさは感じても、それ以上のものは感じないようだ。「蛍の光」はスコットランド民謡だが、原題は「久しき昔」で蛍とは無関係である。

そもそも英語や仏語に蛍という単語が現れるのは十七世紀以降で、万葉集に出てくる日本より千年も遅い。さしたる注意をひかなかったのだ。

二十年ほど前、晩夏に我が家へ夕食に訪れたアメリカの大学教授は、網戸の向こうから聞こえてきた虫の音に「あのノイズは何か」と私に尋ねた。信州の田舎の祖母が、お盆が過ぎ虫の音が聞こえ始めると「もう秋だなえ」と言って目に涙を浮かべていたのを思い出し、「何でこんな連中に戦争に負けたのか」と思ってしまった。

日本人は秋の夜長に虫の音を聞きながら、音楽のように楽しみ、秋の憂愁を嗅ぎ取り、さらにそこにはかない人生を重ね合わせる。これを庶民が普通にしてきた。ラフカディオ・ハーンは「西洋では稀にみる詩人だけに見られる感性」と感嘆した。

日本人だけが特別な遺伝子を持っているということではなさそうだ。アメリカにいた頃、日系三世とつき合ったことがあった。濃いアイシャドーを除き姿形は日本人だったが、思考や情緒はほぼアメリカ人だった。逆に日本の学校で教育を受けた外国人は日本人と同じように感じるらしいから、文化的なものだろう。

幼い頃に童唄《わらべうた》「ほたるこい」（ほうほうほたるこい　あっちのみずはにがいぞ……）とか童謡「ほたる」（ほたるのやどは　かわばたやなぎ……）を歌ったり、音楽の時間に童謡「虫の声」（あれ松虫が鳴いている　チンチロチンチロチンチロリン……）を歌ったせいばかりではない。

日本には世界でも珍しい明確な四季があり、それぞれに特徴的な豊かな植生や花鳥風月があるため、これを観賞するようになった。そこに仏教からの無常観が加わり「もののあはれ」にまで高められた。

日本人にとって蛍や虫の音どころか、満開の桜、夏の夜空を彩る花火、山を染める紅葉でさえ美しく、そしてもの哀しい。

この情緒のおかげで日本人は類い稀な文学を産んできた。西暦五〇〇年から一五〇〇年までに日本の産んだ文学は、その千年間に全ヨーロッパの産んだ文学を質および量で圧倒している。

ただしよいことばかりではない。何と一九〇〇年頃まで、日本は自然科学で価値あるものをほとんど何も産んでこなかった。数学だけは江戸時代に天才が輩出したが、これら天才だって月の満ち欠けにうっとり見とれるばかりで、なぜ月が地球の周囲を回るかは考えようとしなかった。

キリスト教徒ニュートンが、「この宇宙は神の手で創られ、美しい数学の言葉で書かれている」という途方もない先入観によって自然科学を拓いたのに対し、日本の和算家は自分達の築いた数学を自然科学に応用することなど思いもよらなかった。

明治になって欧米から論理を学ぶことにより科学でも多くの業績を挙げることになった。

一方の西洋は中世の千年間、科学も文学も産まなかったが、ルネサンスでギリシア・ローマの論理と情緒を取り戻してから大躍進した。

ところが科学革命、産業革命、情報革命が余りにもスペクタキュラーだったため、今や世界では論理が支配的となっている。経済論理だけで世界を統一しようとするグローバリズムはその典型で、金に結びつかない情緒などは一顧だにされない。

論理と情緒のバランスが崩れた結果、どこの国でも社会が不安定となり人心が荒《すさ》んできている。このバランスを是正するのは二十一世紀の最大課題と言えよう。情緒日本の出番だ。

下鴨神社で蛍の怪しい光の虜《とりこ》となった私達は、夜九時を回っていたのに「哲学の道」へ足を向けた。私達と同じように川べりを覗きこむ人々がいたが、橋の下で一匹光るのを見つけただけだった。蛍の時期は場所により違い、また場所も限られているらしい。

蛍を求めているうちに南禅寺近くまで来てしまい、小さなせせらぎに目をこらすと、若いシダの間のあちらで、こちらで、ゆっくり灯が点滅するのが見える。夜も遅く誰もいなかったので、灯を見つけると二人で声をあげて走って見に行くということを繰り返した。これほど蛍が生息しているのに知られていないようだ。

都の蛍を満喫し幸せに満たされていた私に女房が、「ここに蛍がいること、誰にも言っちゃだめよ」と釘をさした。（二〇一九年九月）

一盛一衰

二〇〇九年の春、フランクフルトの地下鉄駅で地図を広げていたら、二十代の青年と会話が始まった。「フランクフルトは前大戦で手酷く爆撃されたため、古いもの好きの私としてはたいして見るものがなく残念だ」「何もかも壊されました」「ドイツと日本は市民が猛爆された。明白なハーグ陸戦条約違反だ」。青年は困惑の表情を浮かべた。

続けて「ヒトラーと東条は確かに悪かったが、ルーズベルト、スターリン、チャーチルなど、二人とどれほど違うんだい」と言ったら、「でも僕達は本当に悪いことをしてしまったんです。どんなことをされても仕方ない」と下を向いた。

戦前のドイツは数学、物理、化学、医学、文学、哲学と世界を圧していた。ところが戦後六十四年もたつというのに昔日の面影はない。うなだれてばかりいては独創に必要な気合が生まれてこないからだ。私は青年との別れ際、「ドイツ頑張れ」と励ました。

三年後の二〇一二年夏、若者の失業率が五〇%をこすスペインを訪れた。ＥＵから増税、公務員の削減と減給を厳しく要求されデモや鉄道ストが相次いでいた。私達は早々とマヨルカ島に飛んだ。人気パブは混んでいて二十代後半と見えるドイツ人カップルと相席になった。IT企業に勤める眼鏡男と恋人の女性弁護士（可愛い）だった。

男に言った。「散財しスペイン経済を助けようとここに来たのかい」「そういう意識も少しあった」「ドイツによる南欧救済は皆が期待しているからね」「ただ多くのドイツ人は、ビーチで遊びほうけている人達をどうして汗水たらして働く我々が助けなくてはいけないのか、と思っている」。ここで女性が「私達だって一週間ビーチに寝そべっていただけよ」と言って男をくさしてから私に微笑んだ（とても可愛い）。

私はフランクフルトの青年を思い出した。ずいぶん自信満々になったものだ、と思った。「でもね、ギリシア、スペイン、イタリア、ポルトガルが駄目だからユーロが下がっているんだ。四年前のリーマン・ショックからこれまでに、ユーロは米ドルに対し二〇％、日本円に対し二五％も安くなっている。ユーロが安いおかげで米国、中国でボロ儲けしているからドイツ経済は絶好調なんだよ。南欧を助けるのは当然だろう」「世界はそう思っているのですか」「その通り」。青年は困った顔をした。

帰りの道で女房が「なんで地中海のパブで講演しなくちゃいけないのよ」とイヤミを言

った。

　それから七年後の二〇一九年夏、私達はスイスを二週間ほど訪れた。前半は山小屋風の所に泊まりトレッキングに明け暮れたので、後半はスイス東南部のエンガディン地方でゆっくりしようと、ホテル代の高いサンモリッツを敬遠し、近郊で一番のホテルに一週間ほど滞在した。客のほとんどはドイツ人だった。ドイツは相変わらず一人勝ちなのだ。中東欧の安い労働力を用いて製造し、安いユーロを利用し売りまくっている。経常黒字は四年連続世界一だ。

　このホテルの従業員のほとんどは南欧からの出稼ぎだった。部屋の掃除に来た若い女性に尋ねた。「どこから」「ポルトガルです」「故国では何してたの」「薬剤師です。月給六万円ほどでしたので、給与が何倍にもなるこちらに」。「ポルトガルのどちらの出身」「リスボンの北の方です」「どこ」「ポルトの東です」「ドウロ川沿いかい」「えっ、知っているんですか」「二度ほどその辺りの農家を訪れたので」。父の絶筆となった『孤愁〈サウダーデ〉』（文春文庫）を書き継ぐため取材に行ったのだ。

「訪れた村の名は覚えているよ。マルコ・デ・カナヴェセス村というんだ」。彼女は「エーッ」と頓狂な声を上げると、シーツを直していた手を止め私に向き直り、「そこ、そこから来たんです」と頬を紅潮させ叫んだ。そして「広いスイスでもその村の名を知っている人は私とお客さまだけです！」と感激の面持で言った。普通なら抱擁してこの奇遇を喜び合う所だったが、横に立つ女房の冷たい視線を気にして二人とも思い止まった。

　ホテルの食堂で働く給仕にはギリシアからの娘がいた。緊縮財政をドイツなどに強いられ、若者の失業率が四〇％と高く出稼ぎに出たのだ。「ドイツのためのＥＵから離脱しないと南欧はダメだ。ＥＵ各国は通貨発行権がないから金融政策もままならず不況から抜け出せない。君はここでそのドイツ人のために働いているんだよ」。「私達も分かっているんです」と言い淋しそうに微笑んだ。

「でも心配しなくていい。こんなドイツには米国もカンカンだ。米国が中国経済を痛めつけているのは、中国で稼ぎまくり巨額の貿易黒字を貪るドイツを痛めつける、という隠れた狙いもあるんだ。ドイツはじきに下り坂になるよ。ドイツはほとんど国ぐるみで排気ガス不正を長期間行っていたし、ウイグル、チベット、香港など中国の人権弾圧にも商売を考え見て見ぬふりさ」。

　女房が私の足をテーブルの下で軽く蹴った。イエローカードだ。

　ある昼下がり、誰もいないロビーで、ピアノ好きの女房がグランドピアノでショパンを弾いていたら、客や従業員がだんだんと集まって来た。フランス人給仕が「ドビュッシー」と注文した。女房は「それではアラベスクの一番」と言って弾き始めた。羞恥心のない女房は人が集まっても平気だ。皆がうっとりして聴いていた。フロントのドイツ人が「ここの専属ピアニストになってくれませんか」と言った。人間誰しも一つ位は取柄があるようだ。

一週間、従業員を片端からからかい、説教し、笑わせたから皆と友達になった。帰国の朝、支配人をはじめギリシア娘、ポルトガル娘など十人近くがお別れに玄関に出て来た。ポルトガルとギリシアからの二人の娘は私との別れが辛いのだろう、目をうるませていた。ような気がした。（二〇二〇年一月）

哀しい子守唄

　ケンブリッジ大学にいた頃、クイーンズカレッジの学長宅（プレジデント・ロッジ）に夫婦で夕食に招かれた。築四百年というこの木造三階建ての二階には、ロング・ギャラリーと呼ばれる幅六メートル、長さ二十五メートルほどの細長い部屋があった。学長自慢の部屋で、三百年前の学長が集めた蝶や金バエの標本やら、『痴愚神礼讃』で有名なエラスムスのケンブリッジ時代の椅子、などが飾ってあった。

　一番驚いたのは、部屋の長い壁面が床に垂直でなく傾いていたことだった。「こんな建物は日本なら地震でいちころ」と思ったので、地球物理学者の学長に「イングランドに地震はないのですか」と尋ねた。「この四百年間はほとんどありません」と答えた。イギリスばかりか、ドイツ、フランス、北欧にも地震はほとんどない。

　何万年にもわたって大地震、大津波、大台風、大洪水、大噴火などで何もかも失うという体験を強いられてきた日本とはまるで違う。日本のこの特異な風土が、日本人の思考や心情に大きな影響を及ぼすのは当然であろう。

農耕の始まった縄文時代の人々はすでに、「人の世の儚《はかな》さ」を感じていたはずである。この縄文文化があったから、六世紀に仏教が伝わって来た時、「無常観」というものに深く共感できたし、鎌倉時代に禅が伝わって来た時、「生に執着しない」という考えに武士達が速やかに共鳴し、中国や朝鮮などと違い庶民にまで広がったのであろう。

大自然の猛威を知っていたから、科学技術により自然を征服する、などと西洋人のようには考えず、自然を畏怖し、神としてひざまずいた。神道の淵源である。

また、「人の世の儚さ」を知っていたからこそ、過去を破壊し続けてきた他国と異なり、過去との連続性を大事にするという気持が生まれた。日本だけが、神話時代から始まる万世一系の天皇を今も戴き、古典芸能や古い祭りなどを連綿と守り続けているのもそのせいだろう。私の故郷諏訪の「御柱祭《おんばしらさい》」などは平安時代初期から行われている。

「人の世の儚さ」は、文学の場では「もののあわれ」となり平安から中世の文学を彩った。しみじみとした情趣や無常観的な哀愁である。

古今集で在原業平は「世の中にたえて桜のなかりせば春の心はのどけからまし」と歌った。詩人の茨木のり子は「さくら」の中で、「……さくらふぶきの下を　ふららと歩けば

一瞬　名僧のごとくにわかるのです　死こそ常態　生はいとしき蜃気楼と」と詠んだ。これらが現代の我々の胸に響くのは、日本人の胸に深く、「もののあわれ」が埋め込まれているからだ。この高尚な美意識は、天災の贈り物だったのである。

　この情緒は他国にはほとんど見られない。我が家を訪れた英国人で日本の中世文学を専攻する学者に尋ねたことがある。「研究する上でどんな難しさがありますか」「もののあわれです」「もののあわれは英国にはないのですか」「無論あります。ただ日本人ほど鋭くない。だからそれに近い意味合いの言葉さえありません」。同じ質問を、同じ専攻の韓国人留学生にしてみたら全く同じ答えだった。

「もののあわれ」は文学や歌舞伎、浄瑠璃など古典芸能だけではなく童謡や子守唄や歌謡曲にも溢れている。童謡などはしんみりする歌ばかりと言ってもよいほどだ。「赤とんぼ」（十五で姐やは嫁に行き　お里のたよりも絶えはてた）とか、「雨」（雨がふります　雨がふる）など、口ずさむだけで気分が沈む。一方、欧米のものは、イギリスの「ロンドン橋落ちた」、フランスの「きらきら星」や「アビニョンの橋で」、ドイツの「かえるの合唱」、チェコの「おお牧場はみどり」、アメリカの「線路はつづくよどこまでも」や「メリーさんの羊」など、うきうきするものが多い。

子守唄も日本のものは暗い。ほとんどは赤ん坊を寝かしつけるのに使えない。次男が赤ん坊の頃、女房が添寝をしながら、江戸の子守唄（ねんねんころりよ　おころりよ）を歌い始めた。両耳を温かい掌でやさしく包みながら歌ったのだが、女房の子とは思えないほど感受性の強い次男は、シクシクと静かに泣き始めた。モーツァルトの子守唄（眠れよい子よ　庭や牧場に……）に切り替えてやっと眠りに落ちた。

歌謡曲は涙ものばかりだ。日本人はこれらを歌い「この世の儚さ」を涙で流してきたのだろう。「もののあわれ」は日本人の弱さであり、強靭さでもあったのだ。文化人類学の泰斗レヴィ＝ストロースは『月の裏側』でこう言った。「（西洋古典音楽が）私にはあまりに深くしみついているので、それ以外の音楽が私の感受性に触れることはほとんどありません。……けれども（十八世紀以降の）日本の音楽は例外でした。……たちまち私を虜にしてしまったのです。……平安時代の文学の底流の一つをなしている『もののあわれ』……が音楽でも表現されているのです」。

苦難の満州引揚げ時に歌ったのは、元気の出る明るい曲ではなく、しんみりとした曲ばかりだったと母は語っていた。特攻隊を慰問した高峰三枝子が所望されたのは、勇ましい軍歌ではなく、「湖畔の宿」（山の淋しい湖に　ひとり来たのも悲しい心　胸の痛みにたえかねて……）だった。若い隊員達は、直立不動でこぶしを握りしめ、涙を流しながら聴いていたという。異国の空でいつ果てるとも知れぬ彼等が流した涙には、故郷の父母兄弟や山河への懐かしさがあったろう。そして同時に日本的霊性とも言える「もののあわれ」に浸ることで得られた、祖国の懐に抱かれたような安堵、の涙でもあったに違いない。涙をふり絞った特攻隊員はふっ切れたように翌日飛び立って行ったと高峰三枝子は言って声を詰まらせた。（二〇二〇年二月）

持統天皇に背いた私

ＩＲという字が新聞をにぎわせている。カジノ、ホテル、劇場、レストラン、国際会議場、スポーツ施設、ショッピングモールなどの集まった複合施設のことである。ＩＲ推進法が成立しているが、カジノを除いた部分はありふれたものだから、ＩＲ推進とはカジノ解禁のことと思ってよい。ラスベガス、マカオ、シンガポール、韓国などのように大きな集客力をもつＩＲにより、観光客の増加や税収増を狙うのだという。

カジノすなわち賭場では胴元が儲かるようになっている。最も単純なサイコロ賭博とは、客が例えば３の目に金を賭け、胴元のふったサイコロの目が３だと、賭け金が四、五倍になって戻るというシステムだ。確率的には六度に一度しか勝たないのだから、客が不利である。勝った客はもっと儲けようと思うし、負ければ悔しいから次で取り戻そうと思うのが人情だが、繰り返せば繰り返すほど、結果は確率通りになる。確率論における「大数の法則」と呼ばれるもので客は必敗となる。

ところが、数学的に必敗のギャンブルに数学者がはまることがある。ある日本人著名数学者は、カリフォルニア大学に客員教授として滞在中、毎週末ラスベガスやリノへ行っては月給の大半を奉納していた。そう言う私もギャンブルが嫌いでない。「ギャンブルをするような者は人間の屑だ」という、父の教えに背いたのは二十九歳になったばかりの頃だった。

ミシガン大学で研究一筋の生活を送ろうと、日本を出た私はなぜか乗り継ぎのロサンゼルスで、ミシガンへの飛行機でなくラスベガス行きの長距離バスに乗ってしまった。ホテルに着くと、荷物を運ぶボーイが「女が必要な場合は連絡してください」と電話番号を書いた紙きれをくれた。

四十度の酷暑を避けようと、昼寝をしてから日の落ちた街に出た。光景は昼間と一変していた。無数の派手なネオンとけばけばしいイリュミネイションが夜空に挑戦するかのように高くそびえ、華美なネオンの点滅が妖しさを加えている。砂漠のど真中にできた、この徹底して人工的な街の途方もない虚飾に目眩を感じながら、私はとあるカジノに入った。

バニーガールの運ぶサービスの飲物を飲みながらそのまま約三十時間、不眠不休でギャンブルし続けた。その結果、ミシガンへの航空運賃と、当地で当面必要であろう五十ドルを残し、すべての現金とトラベラーズチェックを使い果たした。数学の正しさを身をもって証明したとも言える。

素晴らしいレストラン、一流歌手のステージ、それに私向きのいかがわしいショーなど盛り沢山にあるのだが、信じ難いことにこの私が、食欲、睡眠欲、そして性欲までを失ってしまったのである。

カジノ解禁についてはいくつかの問題が指摘されている。まずは治安の悪化だが、これは杞憂であろう。ラスベガスをはじめカジノのある場所は、その国の他の地域よりたいてい安全である。治安が乱れていては客が集まらないから、何をおいても治安を良好にするのだ。

ギャンブル依存症を懸念する向きもある。我が国にはパチンコ依存症がすでに五百万人もいると言われているからなおさらだ。ヨーロッパのカジノでは身分証提示のほか、男性は黒スーツ、少なくともジャケットとネクタイ着用、女性はロングドレスといった決まりがあり、パチンコ屋と違い気軽に入れないから依存症は少ない。ただ、金儲け目当ての我が国が入場の敷居を高くするかは疑わしい。また資金洗浄の場として利用される可能性もある。

最大の問題は品格ある国柄の毀損である。賭博は古今東西で行われてきたが、我が国は海外と異なる歩みをたどってきた。お金は汗水たらして得るもの、あぶく銭は不道徳なもの、と考える美風が昔からあったため、早くも飛鳥時代の六八九年には持統天皇が流行の賭博を禁止した。その後も朝廷、幕府、政府とたびたび賭博禁止令を出してきた。今回のＩＲ推進とは、単なる経済政策の一つではなく、「賭博は不道徳」の伝統を捨てることなのである。

一六九〇年に来日し、長崎出島に二年余り滞在したドイツ人医師ケンペルは、助手の今村英生の協力を得て、将軍綱吉に二度も謁見するなど、精力的に見聞を広め資料を集めた。帰国後に著した『日本誌』は十八世紀に英仏蘭独で出版され、ゲーテ、カント、ヴォルテール、シーボルト、ペリー提督らに読まれ、日本観形成の礎となった。

中でケンペルは、「日本人は道徳、教養、技芸、立居振舞いなどの点でどの国より優れ、世界でも稀な長さにわたり平和と幸福を享受している。このような国を閉ざし異国の悪徳、貪欲、狡猾、暴力などから国民を守るのは為政者の義務である」と鎖国を擁護した。「賭け事は好ましくないと考えられている」とも書いた。

カジノはまさに異国の悪徳、貪欲であり、そういうものから国を閉ざし、ラスベガスやマカオのごとき下品な町を作らず国の品格を保つのは為政者の義務であろう。額に汗して働くことを尊ぶ美風をかなぐり捨て、賭博を成長戦略の目玉にするとは情けない。

ラスベガスで有り金を失い、五十ドルだけでミシガンに着いた私は、電話で頼んだ母からの送金が届くまで二週間、パンとバターと牛乳だけで暮らすこととなった。持統天皇と父に背いた罰だろう。

招いてくれたルイス教授が同情し毛布を貸してくれたので、夜はそれ一枚にくるまって寝た。ある朝、毛布に五センチほどの薄茶の毛がたくさん付着しているのに気付いた。ふと、教授宅に同じ色のハンフリーという犬がいたのを思い出した。私は慌てて毛布をはねのけ新品を買いに走った。

この話を聞いた女房が、「あなたもハンフリー並みに愛されていたのよ、よかったわね」と祝福してくれた。（二〇二〇年三月）

面子と忖度

東京五輪の組織委員長である森（喜朗）元首相が、「女性のたくさん入っている理事会の会議は時間がかかる。一人の女性が発言すると次々に発言する。女性の話は長い」という趣旨のことを言った。早速海外メディアに取り上げられ「女性差別」と非難された。

これを受けて我が国では、「日本がジェンダー後進国ととられる」とまずメディアが騒ぎ立て、国民がヒステリーを起こし、ついには人民裁判のごとき形で森氏を辞任に追いこんだ。

一九八〇年代の中頃、スタンフォード大学の教授夫妻が拙宅を訪れた。夕食をとりながら、私が「女房はアメリカ生まれのせいか私に十分に奉仕しない」とジョークを言った。と、教授は少し笑ってから表情を引き締め、「そのジョークはアメリカではＰＣにひっかかるよ」と言った。「ＰＣ？」「マサヒコがアメリカにいた十年前はなかったが、今や性や肌の色などいかなる差別的表現であろうと、公でやったらアウトだよ」。

それから四十年、これは今や人権などと同じく時代の常識となった。私の知る森氏はユーモアに富んだ善人だが、「女子供は黙っていろ」の世代の人でもある。ここ四十年の変化から取り残されていたようだ。

私には発言が騒ぎ立てるほどの女性蔑視とは思えないが、中味は間違っている。女性の数と会議の長さは無関係だ。私は女子大に三十三年間在職した女性の専門家である。大学では数百の会議に出席したが、会議の長さは主に議長の人柄によった。

人格者として尊敬されていた男性教授が議長をした時は、いつも会議が延々と続いた。一人一人の意見を十二分に尊重したから結論を出せなかったのである。ある学部長はまだマシで、皆の意見をよく聞いてから、「それでは十分に御意見を伺いましたのでこうしましょう」と、最初からの自分の案を通した。不思議なことに、この学部長は誰にも恨まれなかった。多くの人は自分の意見を十分に聞いてもらえばそれで満足のようだった。

会議が最も短かかったのは私が議長の時だった。会議が長引きそうになると、「問題が生じたら全責任は私が負います」と言って自分の意見を結論とした。ただし恨まれた。

「一人の女性が発言すると……」は確かに日本女性の特質である。しとやかさから敢えて先陣を切るのを躊躇するからだ。シャシャリ出るのを嫌い、まず他人の考えに耳を傾けようとする姿勢は奥床しい。そもそも女性が会議にいないと困る。

私は文科省関係のいくつかの審議会に出たが、二十人程の委員のうち、半数余りは審議会委員に選ばれたことをこの上ない名誉と考える男性の御用学者たち、残りは四、五名の女性委員、それにスポーツ、芸術、実業界などから三、四名だった。

私が選ばれたのは、いつもガス抜き用の変人としてだった。御用学者が文科省への忖度と追従に励むのを尻目に、私は期待に応え文科省の進めたい方向に真っ向から立ちはだかった。ところが女性委員達のほとんどが私の意見、すなわち正しい意見、を支持してくれたのである。私の魅力の虜になった可能性も大いにあるが、女性の方が会議において物事を柔軟に考えられるような気がした。

日本の男性は普段から相手の年齢や社会的地位などに敏感で、目上の面子《メンツ》を潰さぬよう汲々としている。

一方の女性は欧米人と同様、年齢や地位や面子などに頓着しない。女房などは年寄りにも若者にも、皇族にもそば屋のお姉さんにも全く同じようにていねいに話す。一回りも年長の私にも忖度なしに「あなたの顔と人格では女に絶対にもてない」などと言って面子を平気で潰す。会議に女性が必要な所以《ゆえん》だ。

それに女性の話が長いとは限らない。話が一番長いのは森氏自身だ。

二十年ほど前、ケンブリッジ大やロンドン大の元学長で上院議員のO卿が、英国科学技術政策のトップとして来日した。ホテルで歓迎会が開かれ、O卿一家と家族ぐるみのつき合いをしている私達夫婦も招かれた。
二、三分の挨拶が続いた後、森氏が何と二十分も話した。英国からの客ということからか、ひたすらラグビーの話だった。退屈を持てあましたO卿はしきりに女房に「参ったね」のウインクを送っていた。
ユーモアのある政治家ほど失言をする。一九八〇年代、ミッチーと親しまれた自民党の渡辺美智雄政調会長は、「黒人は破産してもケロケロケロ、アッケラカンのカーだ」と言った。中曾根（康弘）首相は「アメリカには黒人とかプエルトリコ人とかメキシカンとかが相当いて、平均的に知識水準が低い」と言った。

ともに森氏発言など比にならない差別発言だが辞任には至らなかった。ＰＣがまだ世界の常識となる前だったし、日本人が海外からどう見られるかに今ほど気を奪われていなかったからだ。

今回は違った。一年に及ぶコロナ禍で不満発散の場が必要だったことや、国民の八割が開催は無理（二〇二一年一月のＮＨＫ調査）と考える同年夏の東京五輪を、何が何でも強行しようとする森氏に危機感を抱いたこともあろう。そして何より、日本女性は森氏のような発言、あるいはそれ以上のものを、家庭や職場で日常的に耳にし憤懣をためているのだろう。

イタリアで十年近く首相を務めたベルルスコーニ氏はこんなレベルではなかった。買春や乱交パーティーで世間を騒がせたうえ、頻発するレイプ事件への対策を議会で質《ただ》された時には、「イタリアには可愛らしい娘がたくさんいるからレイプをなくすことは無理だ」と答えた。

呆れた私は当時何人かのイタリア人男女に「おたくの首相どうなの」と尋ねた。皆ニヤニヤして肩をすくめただけだった。辞任には至らなかった。大人の国イタリアでは失政は糾弾されるが、助平はよいらしい。イタリアに生まれてもよかった。（二〇二一年四月）

英国紳士の嗜

我が家に来たクリスマスカードはしばらくの間、応接間の棚に並べて飾ることにしている。アメリカ時代のガールフレンドからのものもいくつか混じるが、ピチピチギャルだった彼女達も今や六十代ということで女房も気にしない。埋《うず》み火の熱さまでは思いが及ばないようでありがたい。これらカードは春に箱に入れてしまう。

先日整理しようと読み返していたら、女房の友達ピーターからのものがあった。ケンブリッジ大出身のこのエレクトロニクス専門家は、毎年家族の消息を写真つきで伝えてくれる。二〇二〇年は長身の彼より大きくなった一人息子の写真の下に「マシューは大学に入りましたが、コロナのため八週間のうち六週間は家での勉強でした」とあった。思わず笑みがこぼれた。

秋学期がぴったり八週間と決まっている大学は、イギリスではケンブリッジとオックスフォードだけだからだ。息子が名門に入ったことを、顔をほんのり赤らめながら自慢しているピーターの顔が目に浮かんだ。

名門パブリックスクールの一つ、ラグビー校からケンブリッジへ進んだ英国紳士ピーターにとって、自慢は是が非でも避けたいのだが、息子のことだけは嬉しすぎて遠回しであれ、つい書いてしまったのだ。

三十年余り前、私達がケンブリッジで借りた家の家主は近郊に住む麻酔科医ジェレミーだった。

築百五十年ほどの古屋で、不具合が生ずるたびに私は遠慮なく電話で伝えたが、いつも迅速かつ誠実に対処してくれた。裏庭の板塀が壊れても、シャワーが詰まっても、冷たいすきま風が吹きこんでも、ドアの把手《とって》が利かなくなっても、大ていは一日以内に駆けつけ七ツ道具を使い直してしまった。

ある晩、感謝をこめて彼を我が家（というか彼の家）に招いた。イギリス人はまずい料理に慣れていて、どんなものでも喜んでくれるから気楽だ。この晩も女房のごく普通の餃子に心から感激してくれた。料理を絶讃され気をよくした女房が、食後にレンタルしていたピアノで、ショパンのノクターンとバッハのイタリア協奏曲を弾いた。

ジェレミーは大の音楽好きらしく、「目の前で美しい演奏を聴くほど素晴らしいことはこの世にない。今晩のことは一生忘れないだろう」、と女房に感動の面持で語った。女房にも一つくらいは取り柄があるのだ。

　これを境に彼がプライバシーを語るようになった。彼も両親も離婚したこと。十三歳の娘と十歳の息子が、別れた妻の所から隔週ごとに泊まりに来ること。父親はケンブリッジ大学で生化学を研究していたこと。

「お父さんはケンブリッジの研究者なのだから優秀な科学者だったんでしょうね」と私が相槌《あいづち》がわりに言ったら、「そうかも知れない、一応ノーベル賞はもらっているから」「えっ、何、ノーベル賞」「そう、ノーベル化学賞。ピーター・ミッチェルといって一九七八年にもらったんだ」。それまで彼がそんなことをほのめかしたことは一度もなかった。たまたま私が聞いたから答えただけだった。さすが自慢御法度の英国紳士だ。ただ、私が尋ねた時、彼がとてもうれしそうに頰を紅潮させたのを覚えている。

　この日以降、ジェレミー一家と家族ぐるみの交際が始まった。ある時彼に、週末のドライブで家族と貴族の壮大な館を見学したことを話した。伯爵家所有の敷地が山手線内より広いので度肝を抜かれたのだった。

「十八世紀建造の豪壮な宮殿のテラスに立つと、見渡す限り緑で、川が蛇行し、遠くで羊の群が草を食み、森の中を鹿の一団が走っていたんだ。夢のようだった」「館の名は？」「ノーフォークにあるホーカム・ホール」「実はそこ、元妻の実家なんです」。彼はあくまでも英国紳士だった。

一九九〇年代、英国人数学者ワイルズは、フェルマー予想を三百六十年ぶりに解決するという歴史的快挙を成し遂げた。予想解決に挑み数学者人生を棒に振ってきた天才秀才は数知れず、という超難問である。恩師のK先生は学生だった私に、「フェルマー予想からは遠ざかっていた方がよい」と仰ったほどだ。

解決直後のBBCによるインタビューを、ケンブリッジを訪れた私に、彼の同級生で私の友人でもある数学者がビデオで見せてくれた。ワイルズ教授ははにかみながら、「フェルマー予想は簡潔明快で理解するのはやさしいのですが、解決するのは幾分か難しいのです」と述べていた。私は大笑いし友人もつられて笑った。

ジェレミーにせよ、ワイルズ教授にせよ、アメリカ人のように素直に威張ってしまえばよいのにと思うが、この奥床しさこそが彼等の真骨頂なのだ。それは自慢をはしたないと考える日本人の美感とも合致しているのに、私はついアメリカ人のように振舞ってしまう。父親がノーベル賞でも取っていたら、誰に会おうと開口一番、「実は僕の父」と言ってしまいそうだ。

アメリカ人が平気で自慢するのは、それがフランクさだけでなく、自信の表れととられるからである。自信は能力の高さと考えられ就職や出世に有利だ。そして何より女性にもてる。

日本では誰も相手にしてくれなかった私がアメリカでバカモテだったのは、私の顔がアメリカ人好みであったこと、そして何より生来の自信過剰のおかげのような気がする。私を最もよく知る女房は「根拠なき自信」と揶揄するが、女房だってそれに欺され結婚したのだ。実は英国紳士の謙遜だって英国では、秘められた自信、品のよさ、高い教養の証ととられ女性にもてる。モテたい気持ちは生き抜くために必須の心意気だ。

ならば私は今後どちらの道を。アメリカ人のように天真爛漫に威張るのはこれまで通りで心地よい。英国紳士の奥床しさへの憧れも年齢を重ねる毎に強くなっている。思い悩んでいたら女房が、「それよりまず、あなた何か一つでも威張れることがあるの」と言った。

（二〇二一年七月）

第四章

隣国とのつきあい方

嘘つき文化

ある中国人は「私は家でも学校でも、嘘をつくなと言われたことがない。嘘をついて怒られたこともない」と言った。「嘘つきは泥棒の始まり」と親から言われる日本人とは大分違う。別の中国人は、「子供の頃から、外出する時には親に『騙されないようにね』とよく声をかけられた」と言った。

清末の中国で五十年余り布教活動をした米国人宣教師アーサー・スミスは、「中国人には嘘が多いため相互不信が蔓延していて揉め事が多い」と書いた。

中国をよく知る人はしばしば「嘘と騙しは中国の文化」とまで言う。だからこそ、「毒ギョーザの毒は日本で入れられた」、「中国新幹線は独自技術によるもので死亡事故を未だ起こしていない」などと平気で言う。

朝鮮半島も小中華を自認してきただけに似たようなものだ。日韓条約や合意の一方的無効化、自衛隊機へのレーダー照射での見えすいた嘘、北朝鮮の拉致否定や横田めぐみさん遺骨事件、などが記憶に新しい。

二〇一九年、李栄薫ソウル大学元教授が、『反日種族主義』（文藝春秋）で、韓国教科書が嘘だらけであることを暴《あば》き、「韓国の嘘つき文化は国際的に広く知れ渡っています」とまで書いた。

欧米では、訪れるたびに嘘や差別に出会うパリを除き、あからさまな嘘に出会うことは少ない。ただ国家は巨大な嘘をつく。

アメリカはベトナム戦争でのトンキン湾事件、イラク戦争での大量破壊兵器など、でっち上げの専門家だ。東京裁判でも、終戦まで存在しなかった「人道に対する罪」や「平和に対する罪」をでっち上げ、戦勝国側の行為は不問に付した。だから原爆投下のトルーマンやマッカーサーは絞首刑にならなかった。

歴史教科書では、先住民への残虐な迫害とか、カリフォルニアなど西部諸州のメキシコからの強奪などにほとんど触れず、原爆投下という人道への最大の犯罪を、戦争を早く終わらせるために必要だったと正当化している。

イギリスは第一次大戦中、フサイン・マクマホン協定で、オスマントルコ領内のアラブ人にオスマンへの反乱と引換えに、居住区の独立を認めると約束した。その翌年には秘密裡にサイクス・ピコ協定を仏露と結び、オスマントルコ領の分割を密約し、その翌年には戦争資金のため、ユダヤ人のパレスチナ入植を認めるバルフォア宣言を出す、という三枚舌外交をした。現在の中東問題の大半はここに帰因する。

嘘と騙しと暴力により黒人奴隷をアメリカ大陸へ運び、アヘンを中国に運んでボロ儲けし、世界中の植民地で搾取し続けたのもイギリスだ。なのにオックスフォード大を優等で出た私の女友達は、「アヘン戦争を学校で習ったことはない」と言った。

ドイツは、前大戦の蛮行をすべてヒトラーとナチスに負わせようと励んでいる。しかし民主的な選挙でナチスを第一党にしたのは国民だった。ヒトラーの総統就任、国際連盟脱退、ラインラント進駐、オーストリア併合などの直後に行われた国民投票で、常に九〇%以上という圧倒的支持をしたのも国民だった。

そもそもヨーロッパは古代ギリシア文明を自らの文明の源流のごとく、装っている。最近のゲノム解析などによると、古代ギリシア人は今のギリシア人とは異なり、現在のエジプト、シリア、トルコ、イラン、バルカン、パレスチナ辺りに住んでいた人々が主力という。白人でなく褐色の肌と黒い眼をしていた西アジア人が主だったらしい。

ギリシア文明を西洋文明の源流とするため、絵画ではギリシア人をことごとく白人として描いた。純白のパルテノン神殿やギリシア彫刻は元々エジプト的な極彩色を施されていたが、西洋的な白にされた。例えば、パルテノン神殿の上部の彫刻を手に入れた大英博物館は、金ダワシでごしごし表面を削り取り白くした。

今も、プラトンやアリストテレスを古典、ギリシア語やラテン語を古典語と称している。端的に言うと、ヨーロッパの大部分は、有史以来十四世紀まで、貧困と殺戮のるつぼだった。だから古代ギリシア・ローマ文学以外、西暦一四〇〇年までにヨーロッパで生まれた文学作品を五つ挙げられる人は、めったにいない。

日本人だって無論嘘をつく。戦国時代に騙しは戦術のうちだったし、今だって政治家は公約を守らないし学歴を詐称しても平気の平左だ。にも拘らず、嘘で人を騙すことは世界でも図抜けて少ない。だからこそオレオレ詐欺が流行る。日本以外でこんなものは流行るまい。

我が国に詐欺や嘘の少ないことは、十六世紀に来日した宣教師のザビエルやフロイスが述べたし、幕末に来たドイツ商人リュードルフも「日本人は嘘をついたり、物を盗んだり強奪することに嫌悪感をもっている。この点において中国人と著しく異なっている」と書いた。

ただ我が家は嘘だらけだ。父は小説家だから嘘を書くのが商売だ。我が家の系図さえ嘘だ。「奥州藤原氏の血を引く」とある。喜び勇んだ私が父に尋ねたら、「江戸時代に系図屋が流行り、適当なことを書いて客を喜ばせた。我が家のはそれだ」と笑われた。

私も嘘をつく。外で年齢を書く時は大てい鯖《さば》を読み五十八歳と書く。体重計の示す体内年齢だ。数年前にイタリアの洋服屋で、シャレ男の店員をからかっていたら年齢を尋ねられた。「私は四十九歳、女房は三十七歳」と大嘘を言ったら、あっさり信じたので私は罪悪を感じ、女房は大喜びした。

他愛ない嘘が多いが、そうでないこともある。妖艶官能の美女と夢心地のディナーをした日は、帰宅後女房に「編集者と打ち合わせをした」と嘘を言う。ただしこれは、結婚して四十年、今も私にとことん首ったけの女房を悲しませまい、という無類のやさしさから出るものだ。（二〇二〇年八月）

楼蘭の美女

一年余り前、関西のスーパーで支払いの列にいると、レジで働く若い白人女性に目が留まった。日本語が上手いから日本に長くいる留学生だろう。美形だ。色は白いが黒髪で欧米人とはどこか違う、中央アジア系かも、などと思っていると私の順番がきた。

レジを打ち始めた彼女に当然ながら話しかけた。「留学生ですか」「そうです」「どちらの国から」「どの国と思いますか」「トルコ辺りかな」。と、彼女は急に顔を上げ私を正視し「中国です」と鋭い声で言った。予想外の答えに口をあんぐり開けていると、「中国人に見えますか」と畳みかけてきた。「全然」「ウイグル人です」。彼女は再びレジを打ち始めた。まさに「楼蘭の美女」だ。鼻の下をのばしていた私はすぐに我に返った。

ウイグルは一九四九年に中国軍に占領され、一九五五年に新疆《しんきょう》ウイグル自治区として中国に組み入れられたが、以降も中国の圧制に対する暴動やテロが相次ぎ、その度に中国の苛烈な弾圧が行われてきた。ウイグルの現状を訴えに来日したウイグル女性と面会した故中川昭一議員から、「独立運動をさせないため、ウイグル女性を集団で中国各地に強制移住させ漢人と結婚させるという民族浄化が始まっている」とも聞いていた。

世界はそんな状況に長く沈黙を保っていたが、二〇一八年の初め頃から英米の新聞が騒ぎ始めた。「ウイグル自治区にいる一千万のウイグル人のうち、百万から二百万が強制収容所に入れられている」「千以上もある収容所に知識人など反体制派を片端から入れ、拷問などを用いた洗脳により中国共産党への忠誠をもつように改造している」「子供達を親から引き離し寄宿校に入れ、イスラム教やウイグル語から隔離している」。

これに対し中国側は、「強制収容所ではなく再教育施設である。過激な宗教に染まった人々を正しい中国人の道に戻すよう教育している。内政干渉はやめろ」と言う。

このような収容所は二〇一六年から急増した。ウイグルには石油や天然ガスが豊富なうえ、一帯一路の起点として最重要地となったからだ。

今では単なるテロ防止を越え究極的なテロ防止とも言える、ウイグルの文学、伝統、歴史、習俗の根絶を目標にしているようだ。大量の書物が焼かれ、学者、作家、詩人、編集者、評論家、書店主など出版関係者が国家分裂主義者として次々に収容所に送られ、死刑や行方不明となっているという。

知識人など反体制派や書物を抹殺するというのは、独裁者にとって最も手っ取り早い権力掌握術だから、古今東西絶え間なく繰り返されてきた。秦の始皇帝による焚書坑儒の如き大愚行は、二十世紀になっても相次いでいる。

知識層を政権から追放したヒトラーは一九三三年、「非ドイツ的」ということで、ユダヤ人による著作やマルクス主義関連書などを全国で大々的に燃やした。スターリンも毛沢東も同様のことを実行した。

言論の自由のチャンピオンであるアメリカでさえ、戦後日本で新聞雑誌放送を検閲し、占領政策に不都合な人々を公職から追放し、書物七千余冊を没収焼却した。

一九七〇年代のカンボジアでは、ポルポト独裁政権が国内の大半の本を焼き捨て、知識層、後には本や新聞を読む者全て、ついにはメガネをかけている者までを片端から捕まえて殺した。

人類への冒瀆とも言えるこのような大愚行が今現在、ウイグルで行われているのだ。私は急に怒りがこみ上げてきて、レジの女性に口走った。「あれほどの弾圧がウイグルで行われているのに、いつもは偉そうな口をきく欧米政府はほとんど口を閉ざしている。日本の政府やメディアも中国へのお気兼ねで取り上げない。どの国も十四億人という世界一の中国市場を失いたくないからだ」。女性は口を堅く閉ざしたまま俯《うつむ》いていた。

「それにイスラム諸国は何だ。いつもは威勢がいいが、同胞イスラム教徒が迫害されているのに知らんぷりだ。中国からの借金漬けだからだ。世界は弱い者いじめを見て見ぬふりの卑怯者ばかりだ」。女性は口を一層堅く閉ざした。

うっかり同意して目撃者に密告でもされたら、故郷の家族がどうなるか分からないからだ。そう気付いた私は話すのを止めスーパーを後にした。

圧倒的なチャイナマネーと軍事力による中国の海洋進出、一帯一路による地球規模の勢力圏拡大、国内外での強圧的姿勢、などにやっと危険を感じ始めた先進二十二カ国は二〇一九年の夏、ウイグルでの人権弾圧を非難する書簡を国連人権理事会に送付した。形ばかりのものだ。実際、続いてアジア・アフリカなど三十七カ国が、ウイグルにおける中国の顕著な貢献を讃える書簡を同理事会に送付したから、人権弾圧非難の効果は吹っとんだ。ほとんどがチャイナマネー借金国だ。

同じ頃真打ちのアメリカが、米中貿易戦争がらみであろうが本格的な非難を始めた。「現代で最悪の人権危機が中国にある。ウイグル弾圧は世紀の汚点」とまで言った。二〇一九年の十月にはトランプ大統領が、ウイグルでの人権弾圧に関連する二十八の中国政府機関や企業への禁輸を発表した。監視カメラメーカーなどが含まれていて、ウイグル問題における初の実力行使である。

惻隠の国として真先に行動すべき我が国は、中国がバブル崩壊とアメリカのなりふり構わぬ封じ込めで追いつめられ、脇の甘い我が国に甘言を弄してきた機に乗じ一儲けしようと、官民を挙げ一帯一路にまで歩み寄る始末だ。卑しい。

世界中がゼニ勘定となってしまった今、人類は無教養無定見のカウボーイ、トランプ大統領にウイグルの全運命を託している。私は半年後に再びスーパーを訪れた。楼蘭の美女の姿はどこにもなかった。キッとして「中国人に見えますか」と言った彼女の言葉は私の心に刺さったままだ。（二〇一九年十二月）

内モンゴルが危ない

モンゴル草原はゴビ砂漠で南北に二分され、北は外モンゴル、南は内モンゴルと呼ばれる。十七世紀末にともに清国の支配下となったが、外モンゴルはソ連の衛星国ながら一九二四年にモンゴル人民共和国として独立した。そして冷戦終了後に現在の民主主義国、モンゴル国となった。

一方の内モンゴルは、中国に隣接するという不運のため、茨の道を歩むこととなった。満州国成立時には東半分が満州国に吸収され、終戦まで十三年間ほど日本の支配下となった。戦後は米英ソによるヤルタ協定により、内モンゴルは中国領とされ、やがて自治区となった。

自治区とは名ばかりで、文化大革命時には百五十万のモンゴル人の約四人に一人が逮捕され、その半数ほどが拷問を受けたり殺害されるというジェノサイド（集団殺害）まで経験した。大量の漢人入植のため、モンゴル人は今や内モンゴル人口の一七％と少数派になってしまった。

内モンゴルは満州国に吸収されるずっと以前から、日本と深い関係があった。

一九〇二年頃、日本軍部は、迫り来る日露戦争ではロシアの兵員や武器弾薬輸送の大動脈、シベリア鉄道の爆破が不可欠と考えた。諜報を受け持つ福島安正少将は、爆破するなら線路より復旧に月日のかかる鉄橋と考え、工作員たちの鉄橋へのルートは清国から内モンゴルを北上、と結論した。

ラマ僧やモンゴル人隊商に化けた工作員たちが無事に内モンゴルを通過するには、親ロシアの内モンゴルに親日の一角を築くことが重要である。清国の皇族であり大臣でもある粛親王が親日反露のうえ、妹が内モンゴルで有力なカラチン国王に嫁いでいることに福島は着目した。

福島は早速、粛親王を通じて、カラチン国王を一九〇三年に大阪で開かれた内国勧業博覧会に招待した。日本の文化、産業、教育の発達に目を瞠《みは》る王に、近代化には教育、とりわけ女子教育が大切と説いた。

首尾よくその年の暮れ、カラチン国初の女学校が作られ、教師として上海の女学校で教えていた河原操子《みさおこ》が送りこまれた。

操子は信州松本における福島の幼馴染の娘で、最難関の女子高等師範（今のお茶の水女子大）で学んだ才媛だった。二十代後半の操子は、父親から渡されたいざという時の懐剣を胸に、心細さと責任の重大さに押し潰されそうになりながら、一九〇三年の十二月、単身カラチンへ乗り込んだ。

　操子は算数、読書（日、蒙、漢）、唱歌、体操、日本語と多くの科目を教えた。生徒やその親、噂を聞いた近隣の人々から慕われ、王妃からはモンゴル人になるよう懇願されるほどだった。カラチンを親日国へと変えたのである。

　同時にコードネーム「沈」なる諜報員として、当地で得たロシア情報を極秘に北京経由で日本へ伝えていた。翌年二月に始まった日露戦争では、爆破を目指す工作員たちはここで替え馬、食料、仮装用具などを整え、ここから千五百キロ北の鉄橋へ向かったのである。しかし鉄橋爆破は失敗に終った。零下三十度の極寒に耐え鉄橋に辿り着きながら、無念にも鉄橋守備隊に捕えられ処刑されたのだった。

　私は十数年前、操子の足跡を辿るため内モンゴルを訪れた。中国ということで女房を誘った。ハニートラップ対策だ。私はそういうものにひっかかりやすい。と言うかひっかかる自信があるからである。

操子は北京から北東へ四百キロほどの道のりを、ラバ駕籠《かご》に九日間揺られ到着したが、私達はほぼ同じルートを、中国人運転手の危険運転に半日間揺られるだけでカラチンに到着した。草原や遊牧民はほとんど目に入らず、禿山《はげやま》、荒涼とした原野、黒煙を吐き続ける工場群という景色が繰り返された。

操子の教えた学校の一部が残っていた。学校そばの木蔭でキセルをふかす老人がいた。通訳の中国人に「漢人かモンゴル人か」と尋ねると、じっと彼を見てから「モンゴル人」と言った。老人に「中国から独立したくないのですか」と聞くと、無気力に首を振った。ユーラシアを制覇したモンゴルの気概はどこに、と淋しかった。

カラチンの北五十キロほどの宿泊地、赤峰に暗くなって着くと灯りのない真新しいビルが林立していた。中国のあちこちにあるゴーストタウンの一つだ。私達の泊った新しい高層ホテルもロビーは薄暗く、各階に灯りも見えず私達以外に客がいるようには思えなかった。

不気味なホテルから外に出ると、広く整備された舗道に通行人はほとんどいなかった。不味《まず》そうな中華料理店で不味い夕食をすませた後、物足りない思いでそばの足裏マッサージ店に入った。若い娘が私の足裏を揉みながら「ひどく凝っています。頭脳を酷使する職業ですか」と片言の英語と漢字で聞いた。「数学者」と書くと「やはり」とうれしそうに言い、愛らしい笑顔を見せた。この日初めての生気だった。

この内モンゴルが混乱している。これまで小中学校では公用語のモンゴル語と中国語で教育がなされてきた。それが二〇二〇年九月の新学期から、国語が中国語のみで教えられることとなった。高度な科学技術を教えるにはモンゴル語は不向きという理由らしい。

モンゴル人がペルシアやアラビアからモンゴル語で持ち帰った最新知識のおかげで元の時代に数学が発展し、その後の明や清では退歩したのを知らないのだろう。

国語の排除とは文化伝統の排除であり、民族の根絶だ。「祖国とは国語」なのだ。すべてのモンゴル人が怒り悲しんでいる。

欧米はウイグル、チベット、香港と、中国による半狂乱の人権弾圧をやっと非難し始めたが、内モンゴルまではまだ手が回らない。

一時期宗主国だった頼みの日本は、知らぬ顔だ。香港の宗主国だったイギリスが、責任感から香港における弾圧に強烈な非難を浴びせている。これに比べ我が国の冷淡さは対照的である。平和憲法とか終戦記念日における全国各地での平和の祈りなどは、「日本だけ平和ならよい」という、利己的で自己満足的なものなのだろう。（二〇二〇年十一月）

いまこそ内政干渉を

先日、コロラド州ボールダーのスーパーで銃乱射があり十名死亡、とのニュースを見て思わず声を上げた。このキングスーパーズは私の住んでいたアパートからほど近い、何度か買物もしたことのある店で、世界的数学者シュミット教授のお宅にお招ばれの時は右折（ガールフレンドのジャンの所に行く時は左折）の目印としていた所でもある。

アメリカが銃乱射の国であることは半世紀も前に耳にしていた。

渡米を控えた私に、ペンシルバニア大学数学教室での事件について恩師のI先生が話してくれたのである。博士論文を落とされ大学院をやめた男が、数学教室での研究会に乗りこみ、銃を乱射し教官達を殺傷したのだ。

先生は「そこにいて重傷を負った友人のゴールドマン教授の話では、銃声が聞こえるや全員がその場の床に伏せたらしい。さすがアメリカ人だ」と妙な所に感心していた。

アメリカでは今も平均して毎日百人以上の人が殺人、自殺、誤射など、銃により命を落としている。それどころか、独立戦争以来のアメリカが関わったすべての戦争における戦死者より、ここ五十年の自殺や他殺など銃による死者数の方が多いというから驚く。

原因は住民百人あたり百二十丁の銃が出回っているからだ。所持理由のほとんどは「賊が入って来た時に家族を守るため」だが、実際は銃がらみの殺人のうち、正当防衛はほんの三十分の一に過ぎない。

銃規制を求める国民の声は強いものの、その内容は銃器購入者の身元調査を行うべき、未成年や精神障害者には売らない、などという腰のひけたものばかりだ。理由は合衆国憲法修正第二条に「人民が武器を保有し携帯する権利を侵してはならない」、という呆れるような文言があるからである。西部劇時代のままの憲法が今もまかり通っている。

生命の安全は人権の中核の中核である。銃乱射が二〇二〇年だけで六百件を超え、人々がそれに脅えている社会とは人権の守られていない国家だ。国際人権団体アムネスティ・インターナショナルが二〇一九年、アメリカへの渡航注意勧告を出したほどだ。

東隣りのアメリカの体たらくを心配するのは、西隣りの中世的国家中国が、ありとあらゆる人権侵害を傍若無人に行なっていて、これを抑制するには軍事力、経済力のあるアメリカが先頭に立ち、民主主義諸国と共闘する以外にないからである。

数年前、関西のスーパーで東洋人らしからぬ若い女性がレジで働いていた。エキゾティックな美貌の人だったから仕方なく話しかけた。ウイグルからの留学生だった。

中国自治領ウイグルでの蛮行を耳にしていた私がハッとして、思わず「家族は無事ですか」と尋ねると、周囲を見回してから「分かりません」と小声で答えた。そばに中国人がいて密告でもされたらどんな危害が家族に与えられるか分からない、と警戒しているようだった。私は長話をせず店を出た。

家族の安否が分からないのは、ウイグルではスマホの盗聴が行なわれているから互いに連絡を控えているのに違いない。半年後に再び店を訪れたが楼蘭の美女はもういなかった。

新疆ウイグル自治区では、ウイグル人百万人以上を再教育と称し強制収容し、強制労働や拷問までを行なっている。最近では若い女性への大がかりな不妊手術やレイプまでがなされているようだ。多くの証言、衛星写真、諜報機関の入手した内部文書など幾多の状況証拠から、欧米各国はジェノサイドと断定している。

中国はこれらを悪意あるデマと強く否定するが、空気を吐くように嘘を吐く人々であることが、ここ十年ほどの、特にコロナ禍における言動で広く知られてしまったから、誰も言うことを信用していない。

ウイグル以外でも、内モンゴル、チベット、香港と、極端な人権弾圧を続けて恥じない。南シナ海、東シナ海での国際法無視や台湾への恫喝とやりたい放題だ。外部からの批判に対しては一つ覚えで「内政干渉」と叫ぶ。

ナチスドイツによるユダヤ人迫害を米英仏などは知っていたが、アメリカはひどい黒人差別をしていたし、英仏は反ユダヤ主義に加え、自国へのユダヤ人流入を恐れてもいたから干渉しなかった。

世界中が見て見ぬふりをした結果、ユダヤ人の犠牲者は六百万にも上った。人権問題だけは、世界中が内政干渉しなければならない、というのが歴史の教訓である。

本来は国連が処理すべき問題だが、政策を決定する安全保障理事会では常任理事国五カ国の全員一致が必要で、そこに中国が入っていて何も決まらない。国連とは、第二次世界大戦の戦勝五カ国が世界をとりしきるという理不尽なものだから、うまく行かないのは当然なのだ。

国連が機能不全となった今日、異形《いぎょう》の怪物中国に対しては、民主主義諸国が共同して対処するしかない。言葉の通ずる国ではないから力で締め上げるしかない。経済制裁である。利に聡い国だから効果絶大なはずだ。

ここで心配が二つある。一つはアメリカだ。アメリカは建国以前から十九世紀まで、先住民絶滅に励み、黒人奴隷制度で富を築き、今も文明国にあるまじき銃社会を続けている。制裁の大黒柱となるべきアメリカに対し、中国はいつか必らず「お前に人権を語る資格があるのか」と極めて正当な逆襲をするだろう。

我が国はアメリカの友好諸国と共同でアメリカに内政干渉し、秀吉の刀狩りのような銃規制をアメリカに強く求めるべきであろう。アメリカが刀狩りをして初めて、アメリカは中国の人権についてものを言うことができる。

もう一つの心配は日本だ。世界最大のマーケットに目が眩み、中国に対し小声で「遺憾」と「懸念」を繰り返すばかりの商人国家日本だ。ジェノサイドを対岸の火事と見過ごし、中国制裁に積極的に加わらず算盤《そろばん》をはじいていては、後世に恥を残すこととなろう。

（二〇二一年六月）

民主主義という幻想

米国のバイデン大統領が「民主主義サミット」を開催した。百十ほどの国や地域の首脳などが招かれ、日本からは岸田首相が出席した。中国、ロシアが招待されず台湾が招待されたのを見ても、反専制主義という大義の下、自らの主導で民主主義国を結集し、中ロ包囲網を作ろうというものだ。

中ロ、とりわけ中国による軍事力や経済力を用いた、傍若無人ともいえる他国への威圧や国内少数民族への人権抑圧、などを封じこめるのは大賛成だが、なぜか喉にひっかかる小骨がある。

民主主義の定義は知らないが、自由、平等、人権、国民主権などのことと思ってよいだろう。

第一の小骨はアメリカが世界の民主主義を主導できるほど模範的な国かということだ。確かに初めて民主主義を実現した国で、フランス革命後に訪米したフランスの政治思想家トクヴィルはその著書『アメリカの民主主義』の中で国民主権に大いに感心した。

しかし、その後のアメリカは常に中国も顔負けの、人権無視と覇権主義の国家だった。啓蒙されていない人々に自由、平等、キリストの福音、などを広げることこそアメリカの明白な天命、という意味のスローガン「マニフェスト・デスティニー」の下、先住民を虐殺し、黒人を奴隷化した。

カリフォルニア、テキサスなど西部諸州をメキシコから強奪し、ハワイ王国を滅ぼして併合し、スペインに戦争を仕掛け、中米、グアム、フィリピンを植民地とした。すべて十九世紀の出来事である。

二十世紀になると、中国への進出の障害であり日露戦争で白人優位を脅かすようになった日本を叩きのめした。戦後には、共産圏潰しやベトナム戦争、イラク戦争、「アラブの春」など覇権拡大に励んだ。

人権に関する黒い歴史は今も続き、移民差別、貧富の格差を抱え、一日百人以上が銃により命を落としている。人権の中核である生命すら守られていない国なのだ。

第二は、アメリカが信奉するほど、民主主義は善、専制主義は悪か、ということだ。

ヒトラーを生んだのは国民主権、三権分立、議会制民主主義を謳ったワイマール憲法下のドイツだった。ヒトラーの国際連盟脱退、非武装地帯のラインラント進駐、オーストリア併合などはすべて、民主的な国民投票で九〇％以上の支持を得ていた。

それに専制主義が悪とは限らない。リー・クアンユー元首相とその息子リー・シェンロン首相による半世紀近い準独裁体制のおかげで、シンガポールは今や、世界で最も安全で、最も経済競争力の高い国となった。一人当たりＧＤＰは世界で二番目に高く、腐敗は三番目に少なく、教育、医療も上位にランクされ、九〇％の国民が家を所有している。そのうえ、シンガポール航空のＣＡは世界一美人が多い（私見）。

我が国にだって江戸中期には米沢藩主の上杉鷹山《ようざん》という英君がいた。民主主義の旗手ケネディー元米大統領はこの専制君主を尊敬していたのである。専制政治が悪とは決めつけられないのだ。

ただ留意すべきは、リー父子や鷹山は例外中の例外ということである。リー父子は外交でも米中を手玉にとり、米中台と親密な関係を保っている。父子ともケンブリッジ大卒だが、息子のリー・シェンロン現首相は数学を専攻し何と首席で卒業している。

彼の同級生で、私がケンブリッジにいた頃の同僚によると、リーの指導教官が「これまで持った学生で最高」と絶讃していたほどらしい。そんな天才は普通、政治家になろうとしないから、独裁者のほぼすべては単なる権力亡者だ。非常に稀だが、高い人格を備えた天才が国を率いる場合に限って、専制政治は民主政治より断然優れているのである。

第三の小骨は、民主主義そのものの欠陥である。主柱とも言える「自由」すらよく分からない。

生まれ落ちた瞬間から人間には自由がない。厚い六法全書があるし、法律の他にも道徳や倫理がある。だからこそ私は愛人とエーゲ海クルーズにも行けないのだ。是非とも欲しい自由は「権力を批判する自由」くらいのものではないか。

「平等」などはもっと分からない。人間はほぼすべての面で不平等だからだ。消費税を一律一〇％にするのが平等なのか、金持ちは二〇％、貧乏人は〇％とする方が平等なのかさえ分からない。そもそも、平等な経済競争をすると弱肉強食となり、貧富の差が大きくなり不平等となる。「機会の平等」と力んでみても、東大生の親の所得が非常に高いという事実がある。東大の平等な入試が、東大で学ぶ機会の不平等を産んでいるのである。

自由や平等は西洋の作ったフィクションだが、民主主義の致命的欠陥は「国民主権」が、「国民が成熟した判断を下せる」という永遠に満たされない前提の上に成り立っていることだ。民主主義とはほとんど常に衆愚政治でありポピュリズムなのだ。

慧眼のトクヴィルは二百年近く前に、「民主主義とは多数派世論による専制政治」と喝破している。

私達が中国を許せない真の理由は、アメリカの言うような専制主義ではない。誠実、惻隠、卑怯を憎む心などの決定的欠如、すなわち武士道精神の欠如である。

新型コロナの発生源や少数民族迫害など、都合の悪い事実を隠蔽し、息を吐くように嘘を吐き、周辺国や弱小国には軍事的威圧や経済的威圧を加えるなど、弱い者いじめを恥ずかし気もなく行っているからである。

民主主義サミットなる名称は噴飯物だが、日本は積極的にこれに参加し、中国包囲網に加わり、協調して締め上げていかねばならない。

アメリカがかろうじて優位を保っている今が、この破廉恥な大国の姿勢を正す、ひいては少数民族や台湾、そして日本が生き延びる最後のチャンスと思うからである。（二〇二二年二月）

ファンレターへの回答

時折、ファンレターをいただく。デビュー作の『若き数学者のアメリカ』の頃は、ほとんどが私の強烈な魅力に打ちのめされた若い女性からの熱い手紙だった。今は大半が私の真価を評価する、知的に成熟した年配者からのものである。

実は、ファンレターなら私も書いたことがある。初めて書いたのは小学校三年生の頃だ。巨人軍の四番、打撃の神様と言われた川上哲治選手へのものである。中学三年の時は『一数学者の肖像』を読んで、著者の小倉金之助先生に書き、高校一年の時には、『第四次元の小説』という位相幾何学的なＳＦを読み、翻訳者の三浦朱門さんに書いた。大学二年時には、雑誌『文學界』に載った倉橋由美子さんの「蛇」を読んで書いた。小倉先生を除き返事はなかった。

先日の私の誕生日に、佳人と思しき方からいただいた誕生日カード入りのファンレターには質問がついていた。

「『国家の品格』を読み直したのですが、日本が第一次大戦後のパリ講和会議で人種差別撤廃を提案したとありました。こんなに立派な提案を時代に先駆けてしたことが、なぜ教科書には出ていず、人々にもほとんど知られていないのでしょうか。この理由を知らないまま年をとるのはいやです。ぜひ教えて下さい」。

パリ講和会議では、ウッドロー・ウィルソン米大統領の提案で国際連盟が発足することとなった。戦勝国としてこの会議に出席した日本は、連盟規約に人種差別撤廃を入れるよう提案した。黒人を抱えるアメリカ、植民地をたらふく抱えるイギリスの猛反対にもかかわらず、採決の結果は賛成十一反対五となった。

可決と思われた矢先、議長のウィルソン大統領が「重要な法案は全会一致が必要」と突然言い出し、日本案を斥けた。それまでの議決はすべて多数決で決定されていた。ウィルソン大統領は、黒人を公務員から排除した根っからの差別主義者だった。人種差別は今後も続けると表明されたようなものだから、日本のショックは大きく、以後、白人国家への不信は高まった。

国際的な場でいつもは穏やかな日本人が、歴史的画期的な提案を世界に突きつけるという断固たる行動に出たのは、明治大正を引っ張った武士階級出身の人々にとって名誉は何より重く、開国以来の有色人種差別はとうてい耐えられるものではなかったからである。
欧米へ渡航した日本人はありとあらゆる差別を受けたし、日清日露で日本が台頭すると黄色人種脅威論、すなわち黄禍論までが欧米で盛んになった。中国、インド、ビルマなどを訪れた明治人は、白人が現地人を奴隷のごとく酷使し、鞭で打ち、反抗者を容赦なく銃殺するのを目撃し、アジア同胞として義憤に駆られていた。

明治二十五年、ドイツでの武官生活を了《お》え、単騎シベリア横断での帰途についた福島安正少佐は、ウラル山中の欧亜境界標の前で、涙ながらに筆をとった。

「此世に生を托するもの、何《いず》れも是れ等しく人、而して心性の霊、何等欧亜の別に従つて軒輊《けんち》（著者注、優劣の差）あるなし。ただ気候風土の影響に依て面色の差あり、又言語の差あるも、此等は少しも人間の本質に関するなし。人は何れに生れ何れに住するも等しく是れ人。然るに自由と唱し平等と称《とな》へ、等しく神の子たるを高調し乍《なが》ら面色言語の差によりて待遇を異別にす。何たる矛盾撞着《どうちゃく》ぞ」。

福島の涙は、自らの受けた冷遇と自由平等を高唱する白人達の偽善に対する、怒りの涙だった。この十二年後の日露戦争で、福島安正少将は、満州軍総司令部参謀として露軍撃滅に活躍した。日露戦争後すぐ、ドイツのヴィルヘルムⅡ世はルーズベルト米大統領に、

「これは黄白人種間の人種戦争」と日本警戒を訴えた。

人種差別はパリ講和会議後も続いた。インドのネルー首相の妹パンディット夫人は、「太平洋戦争は本質的には人種戦争だ」と述べた。日本はこの戦争で大敗北を喫したが、人種差別への深い怒りはある程度晴らすことができた。戦争前、アジア・アフリカに六つしかなかった独立国が、戦後二十年で百カ国以上に増え、国連で白人諸国と同じ一票を得ることになったからである。植民地主義、帝国主義を終息させてしまったのだ。

歴史家のトインビーはこう記した。「二百年の長きにわたってアジア・アフリカを統治してきた西洋人は、無敵で神のような存在と信じられてきたが、実際はそうでないことを日本人は全人類の面前で証明してしまったのである。それはまさに歴史的業績であった」（オブザーバー紙、一九五六年十月二十八日、拙訳）。

人種差別撤廃を百年も前に提案するという快事が教科書でもメディアでも語られないのは、ＧＨＱが日本を統治した戦後七年間、戦前日本の文化伝統歴史を、侵略戦争につながったものとしてすべて否定し、それらを賛美することのないよう厳しい言論統制をしいたこと、そしてその統制がなぜか未だに、不文律のごとく残っているからである。

去る二〇二〇年五月、ミネソタ州で警官四人が無抵抗の黒人を窒息死させたことから、世界中に人種差別への抗議行動が燃え盛っている。これを受けプリンストン大学は、学部や建物から日本の人種差別撤廃決議を葬ったウッドロー・ウィルソンの名を除去した。ファンレターを下さった佳人にはこれらを要約して書いた。

知的に成熟したファンへの返答は容易ではないのだ。かつてのような、「先生は私の理想です」「先生の愛人にして下さい」などといううれしいだけの手紙がなつかしい。中には水着写真付きといううれしすぎるものもあった。最も印象に残るのは、地方のある純情な女子高生からの、「先生の幸せな家庭を破壊したい」だった。舞い上がった私は「ぜひ破壊して下さい」と思わず叫びそうになった。（二〇二〇年九月）

知られざる国父

最近の日韓関係は混沌としている。一方の言い分を他方は全く理解できないという変則状況だ。

日清戦争の下関条約により独立するまで、李氏朝鮮は大中華（中国）に対する小中華と自称し、属国中の筆頭であることを誇り、周辺諸国に対し居丈高に振舞っていた。身分の上下を何より尊ぶ朱子学を国教としていたから、これは当然のことであった。中国は敬うべき師、日本は中華文明の外にいる夷狄《いてき》（蛮族）であり見下すべきものだった。明治二十七年に訪朝したイザベラ・バードは『朝鮮紀行』の中で、支那商人のひどい不正に対し黙っている朝鮮人が、日本商人のちょっとした不始末に激昂するのを見て、「朝鮮人は日本人が大嫌い」と記している。

だからこそ五世紀余りも李氏朝鮮を隷属国とし、一九五〇年の朝鮮戦争では北鮮軍と組んで百数十万人の韓国人を殺した中国を怨まず、三十五年間だけ属国とした日本を怨む。

目下が目上を支配するなどというのは倫理上言語道断だからだ。

ＴＨＡＡＤ（高高度迎撃用ミサイル）配備に対する中国の執拗な報復で、ロッテグループは中国からの撤退を強いられ、現代自動車の中国工場が閉鎖に追いこまれ、中国人観光客の訪韓規制がなされても文句一つ言わない。

他方、輸出管理上韓国を他のアジア諸国と同等に扱うとしただけで日本に逆上する。中国の制裁は向こうが目上だから仕方ないが、日本の制裁は目上への敬意に欠けたとんでもない行為なのだ。そして何より、三十五年間蛮族に支配されたという拭い難い屈辱は、「極悪非道の日本」を唱え続けない限り癒されないのである。

小学生の頃、我が家は隣家と格別に親しくしていた。満州にいた頃からお世話になった和達清夫中央気象台長の紹介で引越してきたからだ。隣家のおばあさんと和達夫人が姉妹だった。

幼い頃から珍奇なことを言い大言壮語を発していた私を老夫婦は面白いと思ったのか、とりわけ可愛がってくれた。ある日おばあさんに「ヒコちゃん将来何になりたいの」と言われた。「天才科学者になって絶対に死なない薬を発見するんだ」と力んだら、「急いでね、私に間に合わなかったら困るから」と言われた。

桜の季節になると決まって「ヒコちゃん行こうか」と花見に誘われた。中学生になってからも毎年二人で井の頭公園へ花見に行った。花見の時のおばあさんはいつも和服の正装だった。

おじいさんは謹厳実直で西洋人のような顔立ちだった。大の朝潮ファンで、ラジオ中継を聞きながら巨漢朝潮が転がされるたびに自ら四畳半の畳に転がった。私を見るとよく「一番しようか」と言った。将棋だ。「待った」ありの将棋で、互いに直前の手ばかりではなく、前の手、前の前の前の手まで待ったりした。共に反省心豊かなうえ寛大でもあったからこんな将棋が成立したのだ。

ある日の夕飯時にこの話をしたら、父が「あんな偉い人でも待ったをするんだ」と言って、さもおかしそうに笑った。私にはどこが偉いのか分からなかった。

十年ほど前におじいさん（穂積真六郎氏）の自叙伝『わが生涯を朝鮮に』を読んでたまげた。おじいさんの父親である陳重《のぶしげ》、叔父の八束《やつか》、兄の重遠《しげとお》、が三人とも東大法学部長を務めていた。母方の祖父は渋沢栄一だった。私と花見に行くおばあさんは、国定教科書や尋常小学唱歌を編纂した東大国文科教授芳賀矢一の娘だった。

おじいさんは東大を出ると朝鮮総督府に入り、昭和七年には殖産局長（経産大臣に相当）となった。九年にわたる殖産局長時代に彼は朝鮮の工業生産を六倍にし、朝鮮を中世から近代へと一気に変貌させた。朝鮮の産業革命の総指揮をとったのである。彼のモットーは日本人のための朝鮮でなく朝鮮人のための朝鮮だった。日本の後方基地として軍需産業ばかりに梃入《てこい》れしようとする内地の政府や軍に、民生産業とのバランスが重要と強く抵抗した。

一番我慢ならなかったのは「朝鮮人は皇国の臣民となり喜んでいるだろう」という思い上がった内地人だった。日本の国益より朝鮮の国益を余りに優先したので、昭和十六年には詰腹を切らされ辞職した。

三十三年ぶりに戦後、後ろ髪を引かれる思いで帰国してからは日韓親善や在日朝鮮人の支援に尽力した。金完燮《きんかんしょう》著『親日派のための弁明2』（星野知美訳、扶桑社）には、「朝鮮人を心から愛して、最後は朝鮮に骨を埋めようとしていた。……穂積真六郎から真の朝鮮の国父らしい姿を発見した」とある。全身全霊で台湾に尽くした日本人は八田與一をはじめよく語られるが、朝鮮にそういった人物がいないのが不思議だった。穂積真六郎がいたのだ。しかも隣に。

金完燮の本は韓国ではすぐに青少年有害図書に指定され、事実上の発禁となり本人は逮捕された。

　もし韓国の人々が穂積真六郎を知れば、怨みの気持も少しは和らぐだろう。韓国が国家間の約束を破った時に日本が厳しい制裁を科し教訓を与えるのは当然だ。しかし日本人が穂積真六郎を知れば、文政権の狂乱の反日攻勢にあっても、謝罪や逆切れをせず、心に余裕をもって、トップが醜態を世界にさらす韓国民は気の毒と、冷静に状況を捉えることができよう。

　一歩下がって眺めれば、韓国が中国の言いなりになっているのは、日本がアメリカの言いなりになっているのとさして違いないではないか、と思えるだろう。韓国は嘘つきと口を尖らす時には、どう見ても違憲の自衛隊を容認している日本だって大嘘つきではないか、と想い到るだろう。一歩下がって眺めれば、違ったものが見えてきて苛立ちが抑えられる。

　私などは日常的にこれを採用している。女房に一方的に非難されたり問いつめられたりすると、一歩下がって眺めてみる。すると諍《いさか》いを別の視点で捉えることができる。女房の言い分がやはり浅慮狭量頓珍漢であることがよく分かる。（二〇一九年十月）

第五章

日韓断絶——問われるべき「国家の品格」

第二次世界大戦中に日本企業の募集や徴用により労働させられた朝鮮半島出身の元労働者による訴訟を巡って、二〇一八年十月、韓国の大法院（最高裁）は日本製鉄（旧・新日鐵住金）に対して原告四人に一人あたり一億ウォン（約一千万円）を支払うよう命じる判決を下しました。

この「徴用工判決」を発端として、そこからわずか一年足らずで、日韓関係はかつてないほど悪化しています。

二〇一九年八月二日、日本政府は貿易管理上の優遇措置の対象となる「ホワイト国」のリストから韓国を除外することを決定。その対抗措置として韓国政府は、直ちに世界に向けて日本非難を強めると同時に、国内では大々的な反日運動が展開されました。ついに同月二十三日には、日本との軍事情報包括保護協定（ＧＳＯＭＩＡ）の破棄を通告するという自傷行為的な挙に出ました。狂乱です。

私自身は、ここ数カ月間の日本政府の外交スタンスは評価すべきものと思います。

戦後の日本は、先の戦争への反省から、近隣諸国とは波風立てずに友好関係を維持することを最優先にしてきました。謝罪と反省をくり返し表明する一方、止むことのない韓国からの一方的要求に対しては我慢に我慢を重ね、譲歩を続けてきました。

韓国は、ＧＨＱの植えつけた自虐史観からいつまで経っても抜け出せない日本を見て、この国に対してだけは何を言っても通ると勘違いしたことでしょう。韓国の歴代政権は内政問題で窮地に立つと、日本に難題をぶつけることで国民の喝采を受け求心力を取り戻す、というのを常套手段としてきました。その日本が、この局面に至ってやっと、〝いい子〟でいることをやめたのです。

そもそも、徴用工など両国民間の損害賠償に関する請求権については一九六五年に締結された「日韓請求権協定」において「完全かつ最終的に解決した」と、当時の日本政府・韓国政府ともに確認をしています。韓国はその国家間の約束を破るという、国際法上あってはならない行動をとりました。それに対してしかるべき制裁を科すのは当然の対応です。

今回、日本がホワイト国からの除外という形で、「あなた達のやっていることは間違っている」と韓国に突きつけたのは素晴らしい進歩です。ただしこれは韓国を他のアジア諸国と同じにしたというだけで制裁になっていません。甘過ぎます。今回のような国際的に認められた協定へのあからさまな違反には、韓国経済が悲鳴を上げるほど痛めつけないと、国家間の約束を破るということの重大さが分からないからです。

これからの我々は、韓国に限らずどの国に対しても衝突を恐れず、自国の正当性を世界に主張していくべきと思います。「いずれ誠意が伝わる」「いずれ真実を分かってくれる」は日本人に対しては通じますが、残念ながら世界には通じないからです。

それと同時に、これからの日本には韓国に対し「benign neglect（ビナイン・ネグレクト）」の姿勢が求められます。日本語に訳すと「慇懃《いんぎん》なる無視」という意味です。

日本が韓国をホワイト国から除外すると決定した八月二日以降、韓国国内では大規模な反日デモや日本製品不買運動がおこなわれています。しかし日本国内に目を転じると、韓国製品の不買運動も反韓デモも全く見られません。この国家としての品格の差が、今、世界から見ると際立っています。

残念なことに、インターネット上では一部の日本人が、韓国を誹謗《ひぼう》中傷する発言を繰り返しています。これでは韓国と同レベルになります。売り言葉に買い言葉ではなく、「慇懃なる無視」を続けることで、国際社会における日本の立場は、感情的な韓国と好対照で有利に傾いていくはずです。

憲法に「反日」が明記されている

韓国・文在寅政権による凄まじい反日攻勢には、もはや狂気さえ感じます。戦後七十四年の月日が経過しても、なぜここまで日本は恨まれ続けているのか――。

韓国は反日を〝国是〟としている国家だということを知っておかなくてはなりません。

そのことを示すのが、一九四八年に制定・公布された大韓民国憲法の前文です。前文は、次のように始まります。

〈悠久の歴史と伝統に輝く我が大韓国民は、三・一運動により建立された大韓民国臨時政府の法統……を継承（後略）〉

「三・一運動」とは、朝鮮半島が日本の支配下にあった一九一九年三月一日に起こった抗日運動です。殺人や放火などの暴動にまでなったため日本は警察や軍隊を投入し鎮圧しましたが、運動家の一部は中国の上海へと渡り、同年四月に「大韓民国臨時政府」を樹立します。その実態は、派閥闘争に明け暮れた「ならず者集団」だったとも言われますが、大韓民国憲法前文では、現在の国家はこの臨時政府の流れを汲むものだと説明されています。

つまり、抗日運動を起こした臨時政府に建国の正統性を置いている。「大韓民国臨時政府は、悪辣《あくらつ》な日本との戦いを勝ち抜いた政府であり、我々はその末裔《まつえい》だ」ということを謳っているのです。

このように、憲法前文に「反日」が明記されているのですから、反日感情を根本から変えようというのは難しい。

「事大主義」で生き残ってきた

ここまでの文政権の対応を見て、その行動や発言を支離滅裂に感じる人は多いことでしょう。一見不可解に思える韓国の行動論理ですが、実は朝鮮半島の地理や歴史を紐解いていくことで理解が可能になります。

まずは、地理的な観点から見ていきましょう。

朝鮮半島は山がちな地形で、全土の七五%を山地が占めています。日本のように森林資源が豊富ならいいのですが、朝鮮半島の人々は植林ということを知らなかったので、日本が統治時代に植林するまでは禿山ばかりでした。

一方の平地は、土地が痩せていたので、日本が統治時代に農業を近代化するまで極めて低い生産量でした。そのため朝鮮の人々は昔から、白菜の塩漬けに雑穀という貧しい食事で生活してきました。そのような暮らしぶりのためか、朝鮮民謡には哀しい歌が多いのです。今や世界的に有名になった「アリラン」も、聴いているだけで涙が出そうな物悲しいメロディーです。

今でこそ、北朝鮮には貴重な鉱物資源が多く存在することが分かっていますし、韓国はハイテク産業で経済発展を遂げて先進国の仲間入りをしています。ですが、昔の朝鮮半島というのは非常に貧しい地域で、貪欲な中国でさえ占領して領土にする気になりませんでした。

その上、朝鮮半島は周囲をいくつもの大国に囲まれていました。北はロシア、西は中国、東は日本――いつ何時どこから攻め込まれてもおかしくない状態ですし、それに対抗するための武力も持っていません。

そこで朝鮮が選択したのが「事大主義」です。「大に事《つか》える」、つまりその時々によって一番強い勢力に従うということです。資源も人材も持たない朝鮮のような小国は、「事大主義」という方策をとるしか国家として生き残る道はありませんでした。その拠り所となったのが、すぐ隣の国境を接する大国・中国です。

実は、朝鮮が「主体的国家」として存在した時期は、この約二千年間を振り返ってもほとんどありません。日清戦争による下関条約（一八九五年）によって「独立自主」が認められるまで、それまでの朝鮮はほとんどの期間、中国の属国として仕えてきたからです。

中国の歴代王朝の君主たちは、朝鮮を含む周辺諸国を「冊封《さくほう》体制」というシステムの中に組み入れ、支配下に置いてきました。「冊封体制」とは、中国の皇帝が君主、周辺国の王が臣下となり、宗主国と属国の関係（宗属関係）を結ぶというものです。属国には宗主国に対する朝貢が義務づけられていました。

例えば清の時代の記録によると、李氏朝鮮は毎年、金を百両、銀を千両、それから美女・馬・豚・牛などをそれぞれ三千ずつ貢がなければなりませんでした。美女を差し出せなどと言う中国は本当にひどい国です。朝鮮は形式的には国家であるものの、ほとんど中国に隷属していました。

中国が巧みだったのは、彼らは武力をほとんど行使することなく、朝鮮を隷属させたということです。その助けとなったのは、朝鮮の国教となっていた「朱子学」です。元々は中国の朱熹《しゅき》による思想ですが、朝鮮半島に伝わると本国よりも広く定着しました。

朱子学の教えでは、序列が上の人間に対して「礼を尽くす」のが最大の美徳となります。朝鮮はこの教えに徹底的に倣って、中国に対して礼を尽くしていました。ですから彼らに隷属という被害者意識が芽生えるどころか、むしろ礼を尽くしているという点で、倫理道徳的に高い国という誇りを持っていたのです。

こうして朝鮮は「主体的国家」であることを放棄していたため、全国民を国家の構成員だとする「国民国家」としての意識が育たないままでした。そのため李氏朝鮮王朝の末期になると、政治の腐敗が進んでいきます。中国のご機嫌をとった一部の人間が支配層となり、朝貢のために自国の民衆を奴隷化して、搾取する――という横暴が続きました。

明治時代の外務大臣・陸奥宗光は、外交記録『蹇蹇録《けんけんろく》』の中で、十九世紀後半の李氏朝鮮の様子について次のように書いています。

〈朝鮮半島は常に朋党争鬩《そうげき》、内訌《ないこう》暴動の淵叢《えんそう》にして事変のしばしば起るは、全くその独立国たるの責守を全うするの要素において欠くるあるに由ると確信せり〉

つまり陸奥は、朝鮮は内紛と暴動ばかりで独立国家を運営する能力に欠けていると言っているわけです。

このようにして、朝鮮ではごく最近まで、法や秩序に対する意識が育たないままでした。従ってその延長線上で、今でも簡単に国家間の約束事を破ってしまうのです。文政権にとっては、何代も前の政権が、一九六五年という大昔に締結した「日韓請求権協定」など、自分にとって関係ないという論理になります。

これに比べ明治政府は、江戸幕府が欧米に脅かされ結ばされた、屈辱的に不平等な通商条約を黙って継承し、明治時代の全てをかけてようやく改正しました。

中国への卑屈、日本への軽蔑

また、二千年にわたる中国の支配下で、朝鮮の人々の意識に刷り込まれていったのが「華夷秩序」という考え方でした。これは、中国こそが優れた文明を持つ世界の中心（華）であり、その世界から外れた周辺の異民族を夷狄（蛮族）と見なすものです。「華夷秩序」に則れば、本来は朝鮮民族は夷狄ですが、朝鮮は中国の冊封下に入って属国として礼を尽くしていたため「中華」の一員として認められていました。朝鮮は小中華としての「誇り」を持っていたのです。

ただ、小中華としての朝鮮が大中華である中国を凌駕することはあり得ないため、必然的に朝鮮の人々は大国に対しての「卑屈」を感じることになります。その心理的ストレスを解消しようと、中華の外にある日本を蛮族として「軽蔑」することで、心の均衡を保ってきたのです。優越感をプラス、劣等感をマイナスとすると、大体どの人も両方を足すとゼロになるようになっているのです。中国に対する「卑屈」と日本に対する「軽蔑」。この二つの感情が常にセットとなり、長い歳月にわたって朝鮮の人々の精神的支柱として存在してきました。

この「華夷秩序」は今でも、韓国人の対中・対日感情に影響を及ぼしています。

例えば二〇一六年、韓国政府は在韓米軍によるＴＨＡＡＤ（高高度迎撃用ミサイル）の配備を認めましたが、これに反対していた中国は報復として、韓国企業に激しい圧力をかけるようになりました。その結果、韓国のロッテグループは店舗が中国当局から営業停止処分を受けるなどして赤字が膨らみ、中国市場から撤退せざるを得なくなりました。現代自動車も北京工場の一つが閉鎖へと追い込まれています。ここまでの仕打ちを受けていながら、韓国国内では反中デモも起きていません。

一方の日本については、韓国をホワイト国のリストから除外しただけで、連日の不買運動・反日デモというこの騒ぎようです。目上である中国からの制裁は仕方のないことですが、蛮族である日本からの制裁は、韓国にとっては耐えられないほどの屈辱ということです。

この「華夷秩序」の論理を踏まえると、どれだけ日本が親切に丁寧に対応しようと、韓国からすれば全て当然のこと、あるいは余計なお世話になってしまいます。例えば、日本は一九六五年の「日韓請求権協定」で、韓国に対して無償三億ドル、有償二億ドルという巨額の経済援助をおこないました。同年の韓国国家予算は三・五億ドルでした。韓国はこの資金をもとに「漢江の奇跡」と呼ばれる経済成長を一気に成し遂げたのです。

韓国人は誰もこれに感謝していません。目下が目上に貢ぐのは当たり前だし、目下が目上を統治するという倫理上の大罪を犯したのですからこれでも足りないくらいなのです。

このように二千年以上にわたって培われてきた民族的感覚が、現在の日韓関係に多大なる影響を及ぼしています。ここまでの歴史を振り返って分かる通り、それは一朝一夕で変えられるものではありません。

そもそも日本と韓国の関係だけに限らず、世界的に見ても隣国同士は良好な関係を築けないのが常となっています。ロシアとフィンランド、イギリスとフランス、パキスタンとインド、中国とインド、アメリカとメキシコ……国境を接している二つの国はどこも互いに好感を抱いていません。

そこで今改めて見直したいのが「武士道精神」です。ヨーロッパでは騎士道精神から発した「紳士道精神（ジェントルマンシップ）」がほぼ同じものです。

「武士道」は鎌倉時代以降、特に江戸時代に多くの日本人の行動基準・道徳基準として機能してきましたが、戦後になって急速に廃れていきました。私は今こそ、この精神を復活させるべきだと考えています。そこには卑怯を憎む心、慈愛、誠実、忍耐、正義、勇気、惻隠、恥、名誉、泰然自若などが含まれています。

この普遍的価値観に自分の行動を照らし合わせることによって、自国の論理を押し通そうとするばかりではなく、過激な言動を自制したり、相手国に譲歩する余裕が生まれてくるのです。欧米の信奉する論理、合理、理性だけでは世界が破綻する、ということは拙著『国家の品格』で詳述した通りです。

もう一つ、大切なのは「ユーモア」です。日本人は江戸時代に発達した町人文化を通して、庶民が気軽に俳句、歌舞伎、浄瑠璃などを楽しんできたため、ユーモアについての豊かな感性を育んできました。

ユーモアとは「距離感覚」です。いったん自分と状況との間に距離をおき、状況を俯瞰することで客観を取り戻し、事を上手く運ぶことが出来るのです。英国紳士の品質証明は出自でも財産でも学歴でもなく、ユーモアなのです。

私はこれがあったので英国では多くの友達ができました。また若い頃は、アメリカで「オリエンタル・プレイボーイ」の名をほしいままにしました。女房は「あなたの顔と人格では絶対に女にモテない」と信じませんが、本当にモテたのです。アメリカ女性は自分に近づく男性に対し「体目当てでは」と警戒しますが、私はユーモアで瞬時に武装を解除してしまっていたのです。

元在タイ大使の岡崎久彦さんはかつて私に「外交官として働いてみて、土壇場で勝負を決めるのは教養と人間性だった」と語りました。この人間性の中味は武士道精神やユーモアだと私は思っています。

〝涙〟を知っている人々

今の韓国を見ていると、すぐに逆上し、自国の論理を一方的にふっかけてくる。「武士道精神」も「ユーモア」も持ち合わせていないように感じます。だからといって、私は決して、韓国が極悪非道な国家とは思いません。彼らは実は、他人の不幸を思いやる「惻隠の情」という素晴らしい美徳を持っているのです。

母が自著『流れる星は生きている』で詳述していますが、私は幼い頃に朝鮮人の「惻隠の情」によって命を救われるという経験をしています。

私は戦時中の一九四三年、満州国で生まれました。父が当時、満州の「中央観象台」に勤めていたためです。一九四五年八月九日未明にソ連が日ソ中立条約を破り突然満州に侵攻してきました。父はソ連によりシベリアで抑留されたため、母は鬼畜のごときソ連軍から逃れるため、二歳になったばかりの私、五歳の兄、〇歳の妹という三人の子供を抱えて、朝鮮半島をひたすら南下しました。

一年余りの北朝鮮での、駅の食堂の台所のバケツからジャガイモの皮を拾ってきて食べる、というような貧乏生活の後、意を決し、豪雨の中、三十八度線を突破することにしました。

くるぶしまで泥に浸かる山道を必死に歩いたのですが、ついに三歳になったばかりの私が歩けなくなりました。パンツを泥水にとられ、裸の下半身は紫色となり唇は血の気を失い、身を震わすだけで口も利けなくなりました。

母は私を横抱きし、小さな草葺《くさぶき》の農家に飛び込みました。出て来た老婦は直ちに私の非常事態を察し、台所から沸かしてあった湯をバケツに入れて持って来てくれました。母は妹のオムツを湯で絞り、疲労凍死寸前の私の全身を納屋の中で懸命にマッサージしました。私の唇に赤みが差した後、兄にも同じことをしました。この朝鮮人老婦の温情がなかったら、兄と私はここで命を落とし、落胆した母も力尽き、母子四人は全滅したはずです。

母は後になって朝鮮半島での体験を振り返り、「朝鮮の金持ちは冷たかったけど、貧しい人たちは皆とても親切だった。〝涙〟を知っている人々だった」と私に語ってくれました。

韓国人は「惻隠の情」を持っている。そこにこそ希望があります。新渡戸稲造は著書『武士道』において、「惻隠の情」を「武士道精神」の中核と位置づけています。韓国人がこの心を持っている限り、日本と韓国には分かりあえる可能性が残されているのです。

混迷を繰り返す韓国を再生するための第一歩は、身分の上下にばかり捉われていては民主主義、とりわけ何より大事な言論の自由が育たないということに気づくことです。言論の自由が保障され、権威や権力や目上を自由に批判できるようになって初めて、民主主義が発達し、科学が発達します。

韓国人の頭脳は明晰で、ほとんど日本人と同等と思います。なのに、自然科学で日本が二十数人ものノーベル賞受賞者を出しているのに対し、韓国は〇人です。科学がダメだと技術のイノベーションも出ません。パクリ国家に落ちぶれてしまいます。工業先進国の韓国がいつまでも豊かになれないのはこのせいです。韓国にとって親の仇は「日本」ではなく「上下関係の呪縛」なのです。（二〇一九年十月）

第六章

コロナ後の世界

どちらが怖い

私にとってコロナとは、小学校三年生の時に、父に連れられて行った東京天文台で見た、太陽の周りで輝く散乱光であった。父の旧制中学以来の友人である古畑正秋先生が、黒点やコロナを見せてくれたのである。コロナが百万度もあると聞いて驚いたのを覚えている。それが今や、コロナ、コロナ、コロナと騒々しい。女房などはテレビがコロナと言い始めただけで辟易《へきえき》してチャンネルを回してしまう。

デマまでが飛びかっている。「武漢で働く日本人医師によると……」というデマメールが同級生から来た。先日はなんと、カナダに住むオーストリア人バイオリニスト（妖艶）から「武漢で働くイタリア人医師によると……」が来た。母国の友人から来たものをわざわざ英語に翻訳して送ってくれたのだ。遠い地で未だに私への熱い想いにまみれている美女がいることはうれしいが、デマはデマだ。

世界中が騒ぐのは「得体の知れないものに対する不安」からであろう。

現在（二〇二〇年三月二十三日）、新型コロナによる死者数は世界中で一万六千人ほどである。毎年季節性インフルエンザで五十万人前後が死んでいるのに騒がないのだから、現在の騒ぎは不安によるパニックだ。

最も狼狽しているのは欧米である。十四世紀のペストでヨーロッパは人口の六割を失ったという歴史があるからだろう。非常事態宣言、外出禁止令、商店閉鎖令などが各国で出され、マクロンもトランプも「これは戦争だ」と言った。

米国の専門家チームは、最悪の場合、米国で二億人以上が感染すると発表した。チームの使った拡散モデルは、一人の感染者が全く免疫を持たない集団に入り、他のインフルエンザと同じく二、三人に感染させるとして計算したものである。

数学を現実問題に応用する場合、大切なのは前提が正しいかどうかだ。ここでの前提は、我々が新型コロナウイルスに対して全く免疫を持たない、そして一人が二、三人にうつすことである。しかしこれらは我が国の専門家会議の発表した日本における事実、「一人の感染者がおおむね一人を感染させている」とか「感染者の八割は他人を感染させていない」に合致していない。前提あるいは拡散モデル、恐らく両方が不適切なのだ。「生まれてから多くの風邪を経験した我々は、新型コロナに対してもある程度の免疫を持っているのかも知れない」という専門家もいるのだ。

感染病学者が根拠薄弱などぎつい推測を出し、週刊誌や視聴率狙いのワイドショーがそれらを競って取り上げている。東日本大震災時にも科学者もどきが放射能について悲観論をたれ流し、地震学者が「どこそこで大地震大津波の起こる確率は……」と根拠薄弱な推測をまき散らした。当時も今も、風評被害や報道被害が大きい。

我が国に似て四人に一人が高齢者のイタリアではすでに五千五百人が死亡したが、日本は四十二名（三月二十三日）と見事に抑え込んでいる。今回のものが二〇〇九年にパンデミック化した新型インフルエンザに似ていると言う専門家もいる。この年、我が国の感染者は二千万人に上ったが死亡者は二百人にとどまった。人口十万に対する死亡率〇・一六は世界最低だった（アメリカは三・九六、ドイツは〇・三一）。

我が国が伝染病をよく抑えこむ理由は、医療が整備されていることもあるが、何と言っても民度によるものと思う。まず衛生観念の高さである。二〇一九年、中国のメディアが「世の中に日本より清潔好きの国があるだろうか」という記事を掲載し、英国のＢＢＣ放送が「日本から学ぶ清潔さ」という特集を組んだほどだ。

一国の衛生観念は公衆トイレで分かる。まずウォシュレットは日本だけだ。十数年前に訪れた中国の公衆トイレについては書くに堪えない。中国人通訳は「一九八〇年頃までは北京でも多くの家にトイレがなく、道で大小便をしていた」と私に言った。「女性は恥ずかしがらなかったのか」と尋ねたら、「だって仕方ないでしょ」と実に説得力のある返答をした。

一昨年訪れたイタリアでは公衆トイレはもちろん、レストランのトイレでも便座のないことが多かった。欧米ではトイレの後で手を石鹸でよく洗う人を滅多に見かけない。アメリカでは三％という統計がある。

我が国には衛生観念の高さに加え、公の精神がある。東日本大震災時、被災者は粉雪舞いちる中、食料トラックを待ち一列に並んでいた。トラックが来ても他国のように我がちに殺到する者もなく、粛々《しゅくしゅく》とおにぎりを一つもらうと深々とお辞儀し、水をもらった人はもらえなかった人に半分分けていた。世界中がこれに驚愕した。

今回も、「七度五分以上の熱が四日間続く場合には受診する」という専門家会議の指針を忠実に守っているから、医療崩壊が起きず死者数が抑えられている。このままワクチンや治療法の開発を待てばいいのだ。中国やイタリアなどで桁違いの死者が出ているのは、発熱に心配した人々が我先にと受診し医療が崩壊したからだ。我が国は高い民度を発揮し今回も、恐らく二〇〇九年と同様、死亡率を世界最低に抑えるのではないか。

ニュートンはケンブリッジ大学がペスト大流行で休校となった一年半の間に、故郷で思索を重ね、微分積分と万有引力を発見した。誰もがニュートンになれるわけではないが、外出を控える間に読書文化が復活すれば、「禍を転じて福となす」となる。

私もささやかながら公の精神を発揮している。二月以来、耐え難きを耐え、濃厚接触や超濃厚接触を避けるため恋人や愛人に一切会っていない。それどころか女房にキスさえしていない。先日、歯科医院でそう威張ったら、歯科衛生士に「奥さんに離婚されちゃいますよ」と脅された。確かにこれは新型コロナより恐ろしい。（二〇二〇年五月）

格言あれこれ

二〇二〇年二月以来、世界はコロナ一色と化した。スポーツも芸術も街の賑わいもなくなり、精気を失った世界は白黒映画のようだ。

この中で日頃、数多い友達との他愛ないおしゃべり、コンサート、映画、美術展、テニス、ゴルフ、登山などにうつつを抜かしていた女房は、暗さ何するものと心機一転、吉川英治の『新・平家物語』全十六巻に取組み、ついに完読してしまった。

私も女房のように鈍感になって、コロナチャンスをものにしたいと思うのだが、死亡者の八割は高齢者などと聞くとついテレビのスイッチをひねってしまう。

これがつまらない。ニュースを見れば、哲学も覚悟も決断もない政府に幻滅するばかり。ワイドショーでは連日、変わり映えのしない悲観論が飛び交っている。「重症になるとこのように苦しむ」、「コロナ後にリーマン・ショック以上の大恐慌となる。ウイルス死より餓死が問題となる」、「イタリアやニューヨークでは埋葬の間に合わない死体が……」などと最悪ケースばかりが語られる。

二〇一一年の東日本大震災時も、「福島県は今後百年間は人の住めない場所となる」、「東日本では今後ガンが多発する」などというエセ科学者たちがいた。腹が立ったので我が家では、二〇一二年初めから三年間ほど、格別に美味しい福島県白河の米を毎日食べ、福島の甘い桃や会津の酒や身しらず柿を満喫した。おかげで家族一同元気一杯だ。

メディアは競って不安を煽《あお》る。視聴率が上がるのだ。人間には「恐いもの見たさ」や「自分より状況が惨めなものの存在を知ることで救われる」という習性があるからである。

人間が救われたい生物であることは、世界の格言名言からも分かる。人生の暗くやるせない側面に光を当てたものが多い。

シェイクスピアは「生きるべきか死ぬべきか。それが問題だ」、「恋は溜息と涙でできている」と嘆き、ゲーテは「人生は二つのものから成っている。したいけどできない、できるけどしたくない」と言った。ショーペンハウエルに至っては「人生は苦痛と退屈の間を振子のように揺れ動く」とまで言った。

日本人も負けていない。漱石は「人間は生きて苦しむための動物かも知れない」、芥川龍之介は「人生は地獄より地獄的である」とさえ言った。林芙美子だって控え目に「花の命はみじかくて、苦しきことのみ多かりき」と吐露した。

こういった格言を作るのは主に作家や哲学者などネクラな種族だ。人間考察を専門とする彼等は、「不幸は幸福より重く、悲しみは喜びより深い」という真実を見抜いている。人間は自分より不幸な人の存在により救われる、ということも知っている。先のショーペンハウエルだって、「人生は快楽と喝采の間を振子のように揺れ動く」では、世人は「どうぞ御勝手に」と見向きもしない。

ネアカな私に格言を作らせたらロクなものにならない。高校時代に「詩は音楽、俳句は絵画」と言った。アメリカ時代には「女性のＩＱとバストの大きさは反比例する」と吹聴した。バストの小さい女性はそれに目を輝やかせた。大きい女性の前では決して口にしなかった。

その後も、「よい画家のいる国イコール料理の美味しい国」、「アメリカ娘を陥《おと》すには月と星とユーモア」、「女性の魅力は流した涙の量に比例する」、「美味しい和菓子は城下町にしかない。美味しさは石高《こくだか》に比例する」……などと思いつくままに言ってきた。なぜか女性と食物に偏《かたよ》っているうえ、すべて私の独断であり、救われる人も皆無だから当然後世にも遺らない。

先頃、久し振りに京都大原を訪れた。三千院の苔むす庭を通り、往生極楽院に入った。風の吹き抜ける小さなお堂で阿弥陀如来に手を合わせた後、手前に目を落とすと毛筆で何かが書かれている。

「これまでに起きた楽しいこと、うれしいこと、嫌なこと、悲しいこと、辛いこと、それらすべてはあなたを造ったものであり、あなたの一部であり、あなたの宝物なのです」。

　心が暖かくなった。これまでいやなこと、辛いことは忘れよう、できたら消去しようと心がけてきたが、そんな必要はないのだ。自分の歩んだデコボコ道がどこか愛しくなるような気持になった。

　寺で救われたことは数年前にもあった。近所の真宗の寺を通りかかった時、玄関脇の掲示板の文字に目が止まった。「これからが、これまでを決める」とあった。何気なく通り過ぎた私は、十メートルほど行ってから「あっ」と声を出し掲示板に戻った。すごい言葉であることに気付いたのである。

「これまでがこれからを決める」は、原因があって結果があるという欧米型世界観である。自然科学はすべてこれで、私が慣れ親しんできたものだ。この掲示板は何と正反対のことを言っている。東洋の哲学だ。これからの生き方次第で、これまでの人生の意味が違ってくるということである。

日米を股にかけ幾多の女性を、汲めども尽きぬ魅力を武器に次から次へと毒牙にかけてきたこと。同じ分野の数学者が大定理の証明に成功したと聞くたびに、「間違っていればよい」と嫉妬したこと。自らに品格も教養もないのを棚に上げ、ぬけぬけと『国家の品格』や『国家と教養』を著わしたこと。仲間と灯台へ行った高一の夏、「にわか雨だ」と騒ぐ仲間たちに、一人灯台によじ登った私が、強風に冷えて放尿していたことを今日に至るまで告げていないこと。数限りない恥ずべき過去を、今後清く正しく生きれば水に流せるというのだから、まさに私のための格言だ。

勇気凜々となった私は帰宅するやこの感激を女房に伝えた。ひとしきり感心してくれた後、「でも、あなたこれから清く正しくなんてできるの」と言った。（二〇二〇年六月）

だまされる数学者

世は新型コロナワクチンでもちきりである。中国が有効率七八%と喧伝したシノファームやシノバックを接種し、接種率五割を超したモルジブ、バーレーン、チリ、ウルグアイなどでは今も感染の勢いが止まらず、慌てて他のワクチンを打ち直している。

中国の統計がほぼ全て虚偽ということを知らなかったのか、知っていても他のものを買う経済力がなかったのだろう。

虚偽は論外だが、メディアや人々が統計数字を正しく理解しているとは限らない。コロナ騒ぎが始まってから連日連夜、感染者数、死亡者数、ワクチンの有効率、接種率、副反応発生率など、統計数字がメディアで踊っている。

半年ほど前、ロサンゼルス・タイムズが「モデルナはアジア系に対し有効率一〇〇%」と書いた。モデルナとファイザーの臨床試験に参加したそれぞれ三万人ほどの米国民のうち、アジア系に対してはモデルナの有効率が一〇〇%、ファイザーが七四・四%だった。

そこでアジア系にはモデルナが圧倒的によいとなったらしい。

これを冗談あるいはインチキという。

参加人数（アジア系が米国民の五、六％位だから恐らく二千人以下）が少なすぎる。感染率そのものが低いのだから、アジア系だけでこの百倍は参加していないと有効率など意味がない。全米四位の発行部数を誇る新聞がこのレベルなのだ。

我が国も似たようなものだ。日本で接種されているワクチンはモデルナとファイザーだが、その副反応が問題となっている。ある統計では十万回の接種で一・五件ほどの脳血栓などによる死亡例があるという。

これがなぜ問題なのかが私には分からない。

我が国では脳梗塞で死亡する人が年間六万人ほどいる。計算すると今日接種した高齢者十万人につき一・四人ほどの人が三日以内に脳梗塞で死亡することになる。ただし、ワクチン接種者だけでなく、今日餃子を食べた十万人も、今日豆大福を食べた十万人も、同じ運命なのだ。ワクチン接種後の死亡が副反応によるものとは考えにくい所以だ。

世界は数字に弱い。

私がイギリスにいた頃、『数学――公衆の敵ナンバー1』というペーパーバックが売れていたほどである。ある統計ではイギリス国民の四人に一人がマイナス二度とマイナス二十度のどちらが寒いかわからないそうだ。

日本人だって半額セールを謳った店で千円の買い物をし、五百円の金券をもらうと、人々は五〇％引きの気分になりやすい。この金券で翌日五百円の買い物をすると、結局千五百円分のものを千円で買ったことになり、三三％引きにしかならないのだ。

この種の誤解はいくらもある。平均値だって心許ない。祖父母の家まで、往きは時速五十キロ、帰りは平行して走る高速道路を時速百キロで帰ったとする。平均時速は七十五キロと思いがちだ。ところが平均時速は六十六キロほどとなるのだ。高校入試の数学の問題となりそうだが。

世界中の人々に共通だが、統計には目も当てられぬほど弱い。

かなり前のことだが、「牛乳を飲むとガンになる」という牛乳危険説が騒がれたことがある。牛乳をよく飲む米北部はそれほど飲まない米南部よりガンが多く、英米人は余り飲まない日本人よりガンが多い、などの理由からだった。実際その頃、英国女性は日本女性の二十倍近くもガンにかかっていた。

見落とされていたのは、明治大正から戦前まで日本人の平均寿命が四十歳代で、ガン患者など珍しかったということだ。すなわち、牛乳をよく飲む人々の方が平均寿命が長く、従ってガンになりやすい、というだけのことだった。解釈を誤ったのだ。

相関関係にすぎないものを、勝手に因果関係ととってしまう間違いは、今日も世界中のメディアや人々が犯している。代表的な例は「アイスクリームの消費量が増えると水死が増える」だ。確かに相関はあるが、ともに夏の暑さを原因とする二つの現象にすぎない。アイスクリーム生産量を減らしても水死は減らないのだ。

私がケンブリッジ大学にいた頃、カナダ人数学者と仲良くなった。カナダ政府統計局に勤めとんとん拍子で出世したのに、三十五歳の時、本当にしたかったのはこの仕事ではなかったと辞職し、猛勉の後にオックスフォードで博士号をとった変り種だった。「私の仕事は国民をだますことだった。ピエール・トルドー首相が欲する統計なら何でも、翌朝までに作り提出するという点で私は名人だった。統計で嘘をつかずに国民をだますことは朝飯前だからね」。彼はそう言うと自嘲気味に微笑んだ。

日本の新聞やテレビに登場する世論調査など、統計の大半は調査対象が偏っていたり、調査数が不十分だったり、設問の仕方が意図的だったりで、「それで何が言えるの」というものばかりだ。

テレビの健康番組とかサプリメントの効能実験などでは被験者がたったの数人とか数十人というふざけたものが多い。

政府や省庁の出す統計だって、嘘はないが自分達に有利な定義やデータのみを用いたり、グラフの目盛りをちょん切って成果を大きく見せたりする。だからこそ十九世紀英国の首相ディズレーリは、「世の中には三種の嘘がある。嘘、大嘘そして統計だ」と言った。

先頃、夕飯の席で私が言った。「百歳以上の日本人男女を調べたら、平均的日本人に比べ肉を食べる割合が二割も多かったらしい。一日おきにビフテキを出してくれ」。疑い深い女房が「それ、肉を食べれば長生きできるという因果関係かしら。丈夫な歯をもち肉をもりもり食べるような元気な人が長生きもする、という当り前のことかも」と水を差した。

百歳まではこれまで通りの華麗かつ奔放な恋に生きたい、という欲望の前には数学者も他愛なく統計にだまされる。（二〇二一年八月）

揉み手して

新型コロナに対する国産ワクチンはなく、政府の不手際で輸入もままならぬため、感染者数は激増し第五波に突入した。無理を通して開いた東京オリンピックも無観客という未曾有の事態となった。テレビ観戦では外国でやっているのと変らない。

知人の医学部教授でアメリカ帰りの男が数年前に言った言葉を思い出した。「手術の巧さは日本の方が上だが、薬はアメリカに負けている」。日本人の手術の巧さはアメリカで通った床屋や歯医者の指先の頼りなさから想像できたが、製薬で負けているというのは、最近の我が国の科学技術力低下を示唆しているようでショックだった。

国産ワクチンが遅れているのも、手間や費用をかけ成功するかわからないワクチン開発に取り組む意欲や能力を、製薬会社は失くしてしまっているからだろう。ワクチンでこうなら他の薬品開発でも似たようなものに違いない。

ワクチン接種率トップクラスの英国は、新型コロナが猛威をふるい始めるや、早くも二〇二〇年四月には首相直下にワクチン緊急チームを発足させた。自身が新型コロナにかかり酸素吸入まで受けたジョンソン首相がパンデミック制圧にはワクチン、と脱兎のごとく走り出したのだ。

チームは直ちに世界中に二百数十もあったワクチン候補を評価し、大手かベンチャーかを問わず有望なものに投資した。特に有望なものには投資どころか事前購入にまで踏み切った。青田買いだ。

こうして五億回分のワクチンをいち早く確保した。さらには打ち手不足を見込み、医療資格のない者でも短期の講習で注射を打てるよう法改正し、一万人の打ち手を速成した。同時に、パンデミックでサプライチェーンがずたずたになったのを見て、今後は他国からの供給に依存する訳にはいかないと、大学や製薬会社など国内拠点にワクチン開発のため巨額の助成金を交付した。

もともと新自由主義型グローバリズムに懐疑的でＥＵ離脱まで実行したジョンソン首相は、パンデミックに「グローバリズムの終焉」と「国家主義の台頭」を確信したのだ。この頃我が国では、ワクチン開発支援としてわずか百億円余り、ＧｏＴｏトラベルには一兆三千億円の補正予算を組んだ。

見習ってよいのは英国の現実主義である。ジョンソン首相はその申し子だ。彼は当初、集団免疫を口にしていたが、現実を直視して豹変し、ワクチン開発に賭けたのである。

彼は名だたる親中派でもあった。二〇一九年には習近平主席の一帯一路への熱狂的支持を表明したほどだ。中国によるウイグルなどでのジェノサイドなどに対しては、経済優先で見て見ぬふりだった。

それが二〇二〇年六月に香港国家安全維持法が制定されるや、中国の本性という現実に目覚めた。中国の人権弾圧や覇権主義に対し激しい非難を開始し、英国の５Ｇ通信網からファーウェイを排除し、南シナ海有事に備え空母さえ送り出したのである。

現実主義は英国の伝統である。ナポレオンのフランスが強大になると直ちに、ドイツやロシアを誘い対仏大同盟を結成し、ドイツが強大化するとフランスやロシアと手を結び（英仏協商一九〇四年、英露協商一九〇七年）、ロシアが脅威となれば遠国日本とでも手を結んだ（日英同盟一九〇二年）。

国益のためならば主義主張、原理原則、約束、正義には目をつむり、合法非合法を問わない戦略謀略をめぐらせる。ヨーロッパ大陸諸国から「不実のアルビオン（英国の古称）」と評されるほどである。

それでも英国は、ドイツのごとく原理原則に従って行動し、「小さな過ちは犯さないが時折最大級の過ちを犯す」、よりはマシと考えている。

二〇〇八年のリーマン・ショックでグローバリズムは限界を露呈し、世界の海外直接投資は半分以下に落ち込むなど、カネやモノの動きは抑制されることになった。

この中で日本は海外投資を増やすなど、グローバリズム原理主義を墨守してきた。とりわけ小さな政府（緊縮財政）の弊害は甚大で、いつまでたってもデフレから脱却できず、地方はさびれ、中小企業は苦しんでいる。

大学などへの交付金も縮小され続けたから、大学は大幅な人員削減に追いこまれ、若手研究者のほとんどは任期つきポジションで落着かない日々を送っている。博士号をとっても安定した身分を得られないから、諸外国で増加している博士課程進学者が、我が国では激減している。

日本のここ十数年の自然科学各分野における研究の停滞は国際的にも注目を集めている。これは当然ながら技術力低下につながり、かつての技術大国の片鱗は今やない。これこそがワクチンができない主因である。

パンデミックのおかげで、広がり過ぎた供給網の国内回帰が急務なこと、格差拡大社会が脆弱なことも分かった。緊縮財政から積極財政への切り換えなど英国型の劇的転換が不可欠だ。

なのに政府は何の自覚も自省もなくこれまで通りの政策を続け、グローバリズム推進派を登用し続けている。グローバリズムは九九％の国富をやがて上位一％の富裕層に集中させるシステムである。経済がすべての思想であり、決して人間を幸福にしない。文化、芸術、伝統、国柄、学問、人情など金銭で測れないが人間にとって大切なものを軽視するからである。

経済ルールが国家や民族の上に立つから、自分達のことは自分達で決める、という民主主義とも相容れない。アメリカはレーガン大統領以来四十年間の誤りにやっと気付き、二〇二一年四月にはバイデン大統領がグローバリズムからの政策転換を表明した。

我が国政府は大局観を失ったままいつまでも弥《び》縫策《ほうさく》に終始し、揉み手して他国にワクチンを恵んでもらうのを国家的屈辱とすら感じていない。（二〇二一年九月）

第七章 「日本人の品格」だけが日本を守る

新型コロナウイルスによる感染を避けるため、家にこもることが多く、日本中、世界中の人々にストレスがたまっています。外に出て、自由に歩き、食べ、買い、話すといった普段なら当たり前のことが、いかに人間にとって大切だったかを思い知らされました。

運悪く災難に遭った時、災難後を災難前よりよい状況にすることが肝心です。コロナ後の世界でコロナ前を取り戻そうとしてはいけないのです。

それでは世界はどう変わるのでしょうか。

経済的にはしばらく苦境が続きますが、これまでの世界を歪めてきた仕組みの欠陥がコロナ禍で露《あら》わとなったため、新たな価値観が誕生し、よりよい世界になるような気がしています。

千六百万人の死亡者を出した第一次大戦の末期、スペイン風邪がパンデミックとなりました。今年（二〇二〇年）からちょうど百年前の一九二〇年に終わりましたが、世界で何と数千万人（新型コロナは五月二十三日現在三十三万人）が死亡しました。

大戦争と大疫病にこりた世界は、国際平和のため一九二〇年に国際連盟を発足させ、その中に保健機関を設立しました。ＷＨＯの前身です。平和と疫病回避のため国際協調しようという素晴らしい構想でした。

この構想は第二次大戦後には更に発展し、国際連合の発足、その中に安全保障、経済、社会、文化、人道に関する機構を設立するなど広がりました。今回のコロナ禍により、この美しい構想が輝きを失い、部分的には機能不全に陥りそうな気がします。コロナ後の世界は、協調より分断で特徴づけられそうだからです。

一つ目の分断は、覇権主義中国とそれを警戒する国々との分断です。米中貿易戦争という米中分断が、他の国々を巻き込み亀裂を深めていくということです。

アメリカは怪獣中国の生みの親

中国は急激につけた経済力を用い、軍事予算をこの二十年間で十倍にするという、世界でも図抜けた伸び率で巨大軍事大国となりました。

二〇一二年に習近平政権が発足すると、覇権主義的性格を色濃く出し始め、二〇一五年の「中国製造二〇二五」では、建国百年にあたる二〇四九年までに各ハイテク分野で世界のトップになると宣言しました。ハイテク技術はほぼすべて軍事転用が可能ですから、ハイテク覇権とは軍事覇権のことです。

また二〇一七年には「国家情報法」を定め、「いかなる組織および個人も、法律に従って国家の情報活動に協力し、国の情報活動の秘密を守らねばならない」としました。まさに十四億総スパイ宣言とでも言うべきものです。なりふり構わぬ軍備拡大は覇権のためだったのです。

アメリカは二十世紀初頭以来、日本の目覚ましい工業化や日清日露での勝利を見て、白人優位を覆しかねない有色人種国家と見なすようになりました。セオドア・ルーズベルト大統領が一九〇六年に始めた対日戦争計画（オレンジ計画）や、一九二四年に定められた日本人をターゲットとした排日移民法はその表れです。

その一方で、図体が大きいままいつまでも惰眠をむさぼっている中国を、日本の対抗として育てようと陰に陽に支援してきました。日中戦争では、中立のはずなのに莫大な軍需支援を行ったばかりか、米軍の現役パイロット百名を一旦退役させ、戦闘機百機とともに中国へ送ったりしました（フライング・タイガーズ）。

戦後になっても、国連から台湾を追い出し、北京政府を唯一の合法的代表とし、理由もなく安全保障理事会常任理事国にまでしました。参加条件を満たさない中国をＷＴＯへ参加させたうえ、その為替操作や軍事的膨張を黙認してきました。

現在の怪獣中国の生みの親はアメリカなのです。

中国人に好意を持っていたわけではありません。むしろ戦前のアメリカでの中国移民の大半は低賃金労働者で見下されていました。

私がコロラド大学で教えていた時、童顔をよりセクシーに見せようと夏休みにヒゲを伸ばしたことがありました。それを見た可愛い秘書のジャニスが「フー・マンチューみたい」とニヤニヤしながら評しました。白黒映画で見たフー・マンチューは間抜けな中国人でした。すぐに口ヒゲを剃り落としました。

このアメリカがついに目を覚ましました。野心にかられた習近平の無思慮無分別無鉄砲な宣言が、愚鈍なアメリカをして一世紀にわたる長い誤りに気付かせてしまったのです。

こうなったらアメリカも露骨です。中国の通信機器大手のファーウェイとZTEを世界市場から締め出すべく、スパイ疑惑などをでっちあげました。でっちあげはアメリカの得意技です。さらに、ファーウェイにはグーグルのアプリを搭載させないなど、ありとあらゆる意地悪をし、大打撃を加えました。正当な理由もなく中国からの輸入品関税を大幅に上げました。

習近平としては、理不尽なアメリカに土下座するようでは国内での権威も地位も保てませんから、対米報復関税で応えました。

狡猾に振舞っていたヨーロッパ

一世紀間にもわたり中国を育てたアメリカは愚鈍でしたが、ヨーロッパは狡猾でした。アメリカと同じ理由でヨーロッパも、二十世紀初頭から日本に対し黄禍論に代表される差別に基づいた警戒心を抱いていました。アジアに植民地を保有していたから尚更です。散々なていたらくの清国しか知らない欧米は、中国には日本と違い白人を脅かすほどの資質がない、と誤解し中国に肩入れし始めてしまったのです。

日中戦争以前からドイツは中国に軍事顧問団を送り、来たるべき対日戦争指導に力を入れていましたし、イギリスは日中戦争で、ビルマ側から大量の武器を蔣介石に送り続けました。日本と中国を反目させることは、ここ一世紀間、今日に至るまで白人世界の基本政策なのです。

日本に対する彼等の危惧は正しく、大東亜戦争で日本は白人勢をアジアから一掃しました。それを見たアジアの人々は、「白人など大したことない」と自信を得て、戦後の再支配を狙った旧宗主国を打ち破り、次々に独立しました。植民地という富の源泉を奪われたヨーロッパの日本への恨みは深く、戦後、訪欧した昭和天皇はあちらこちらで卵などを投げつけられました。

他方の中国は歴史上一度もヨーロッパに危害を与えませんでしたから、戦後になってもアメリカが一方的に中国を甘やかすのを終始黙認していました。彼等は中国が、軍事大国となっても、南シナ海や東シナ海で乱暴を働いても、ウイグル、チベット、香港などで人権を暴力的に抑圧しても、いつもは自由平等人権などと偉そうなことを言うのに目をふさいでいました。

EUの盟主ドイツなどは、中国にのめりこんでいました。メルケル首相は就任以来、企業団を引き連れ十二回も訪中を重ねるなど蜜月状態だったのです（訪日はG7参加などを除き三回）。

英仏伊なども中国による投資を、不振をかこつ経済の救世主のごとく思っていましたから、米中貿易戦争が始まっても高みの見物を決めこんでいました。

一世紀間の好意を裏切られたアメリカの、党派を越えた中国への怒りが、単なる対中貿易赤字をこえ、全体主義国家による世界覇権への警戒に変質しているのを熟知しながらも、ヨーロッパは金の魅力に勝てず狡猾に振舞っていたのです。

それが新型コロナにより変わりました。ウイルスの発生源でありながら、当初、人から人へ感染することを隠蔽し、武漢における惨状も明らかにしませんでした。

遅くとも二〇一九年十二月上旬には異常事態を知っていながら、十二月三十一日までWHOへの報告義務を怠り、隠蔽に躍起となっていました。そのため感染抑止に決定的な二〇二〇年一月だけで、武漢を初めとする中国から数百万人が海外渡航し（日本へは九十万人）、ウイルスをまき散らしました。その後も発生源は武漢の生鮮市場とか、そうでないとか、ウイルスはアメリカがもたらした、などと苦しまぎれの虚偽情報を流しました。

二〇一九年十二月に武漢の実情を訴えた医者やジャーナリストの発信や論文は消去され、本人達のほとんどは今も行方不明です。武漢のウイルス研究所とその研究員へのアクセスは今も断たれたままです。独立機関による発生源調査を求めたオーストラリアには、拒否したうえ豪州産の牛肉の輸入を一部停止し、大麦には約八〇％の関税を課すという報復で応えました。

「中国では最初から相手が嘘をついていると思っている」

発生源となったことは仕方ないことですが、それを世界に謝罪するどころか、子供じみた隠蔽に次ぐ隠蔽です。それどころか、ある程度中国で収束してきたら、イタリア、スペイン、東欧、イラン、アフリカ諸国などにマスク、防護服、人工呼吸器を大量に送り、救世主顔をし始めました。

これらは一帯一路の重要な国々ですから狙いは明らかです。覇権主義を露わにしたのです。また覇権の一環として、用意周到にWHOなど国際機関をコントロールし始めていたことも、WHOの露骨な中国寄りの姿勢から、明るみに出てしまいました。

また発生源に関し見解をコロコロ変えたことから、「中国人は嘘を恥じない」という特性まで世界中に知れわたりました。日本人にとっては、毒ギョーザ事件や海保の船への体当たり、ここ一世紀の数限りない経験からよく知られたことでした。

私の友人に大相撲ファンで、朝青龍と白鵬の負けた土俵を見たというのが自慢の、ケンブリッジ大卒の英国人女性がいます。中堅企業の社長ですが、三年ほど前、中国人が平気で嘘をつくのにホトホト呆れ、お抱えの中国人弁護士に「嘘を平気でつく中国人相手に腹が立たないのか」と尋ねたそうです。彼は「全然腹など立ちません。中国では最初から相手が嘘をついていると思っていますから」と答えたそうです。

パンデミックを利用してまで世界制覇を企む中国に対し、狡猾なヨーロッパもついに見て見ぬふりを続けるわけにはいかず、不信感を一気に高めました。経済的大打撃まで蒙《こうむ》ったからです。

中国で車を作り、売りまくり、ボロ儲けしてきたドイツは大変なことになりました。コロナ禍で中国からの部品が途絶えたため、ＶＷやダイムラーといった基幹産業の車メーカーでは、六十万人が自宅待機となり、二〇二〇年一～三月の利益が前年同期比で七割減から八割減となりました。

最も大切な外国だった中国への見方が一変するのも当然です。ほぼ全ヨーロッパが中国への不信で一致してしまったのです。ジョンソン英首相、マクロン仏大統領、中国に媚びを売り続けてきたメルケル独首相までが中国批判を口にしました。

新型コロナを契機として、米VS中国が、米欧VS中国に変わったのです。自由民主主義国家VS全体主義国家の冷戦です。世界制覇の野望を露わにする中世的国家、人権弾圧の全体主義国家は、世界中が協力し早いうちにその体質と体制を潰さなければなりません。増長を静観していると、冷戦に収まらず熱戦になってしまうからです。コロナ禍のおかげで待ちに待った冷戦が始まったのです。

この冷戦において、我が国は必ず米欧側に立たねばなりません。世界最大のマーケットに歯向かうことで、一時的に経済損失を蒙りますが、それを恐れ、「どっちつかず」で巧く儲けよう、などとずる賢いことを考えないことです。民族的恥辱となります。なぜか習近平を国賓として招待したくてたまらない政府と、貪欲な経済界の動きに目を光らせる必要があります。

現代中国とは、ありとあらゆる人権弾圧がなされ、少数民族の殺戮が平気で行われている国です。香港や台湾に脅しをかけ、南シナ海や東シナ海で傍若無人を働き、主要産業を握る九千万人（全体の六％）の共産党員が他の十三億人を支配し、その半数が極貧にあえぐという国なのです。

グローバリズムとは「隔壁なきタンカー」

もう一つの分断は各国内におけるグローバリズムと国民国家の対立です。グローバリズムとはヒト、カネ、モノが自由に国境を越えて移り合うという経済システムです。これにより単なる武漢でのコロナウイルス感染症があっという間に世界に広まりました。

実際、ヨーロッパで最初に感染爆発したのは北イタリアで、ここは一帯一路による中国からの移民が大量に住みついた所です。同様に爆発したスペイン、イラン、ニューヨークなども、中国からの大量の移民がいる場所です。

パンデミックは歴史上、どんな戦争より多くの死者を出しています。十四世紀のペストはヨーロッパ人口の六割を、スペイン風邪は世界中で数千万人を死に至らしめました。

グローバリズムにはこのパンデミックに対する抵抗力が全くない、という大きな欠陥が露呈しました。

グローバリズムとは「隔壁なきタンカー」と言ってよいものです。できるだけ多量の石油を運べるタンカーをできるだけ安価に建造するには、内部をガランドーにするのが最もよいのですが、実際のタンカーは安全弁としての隔壁によりいくつもの部屋に区切られています。ガランドーでは魚雷や他の船との衝突により、穴が一つ空いただけで沈没してしまうからです。

今回は武漢の穴一つにより世界が沈没しそうになったのです。

グローバリズムが関係各国に最大の利潤をもたらす、効率的なシステムであることは数学的に証明されています。しかしパンデミックのような破局的変動においては、すべてが吹っ飛んでしまうのです。リーマン・ショック時にも、数学的に設計された金融システムが、同じ理由で一気に吹っ飛びました。

効率第一のため安全弁を欠いている

グローバリズムの経済的ひ弱さも顕在化しました。これまでグローバル・サプライチェーンなどと格好いいことを言っていました。経済効率を上げるため、できるだけ生産コストの安い国で生産してもらうということです。

そこで先進国はこぞって中国に工場を作りました。我が国でもマスクの七〇％は中国からの輸入です。アメリカで使用されている抗生物質など医薬品の大部分も中国からの輸入です。また中国で疫病が蔓延してしまえば、数多くの工業部品も人工呼吸器も手に入らなくなってしまいます。そうして各国で生じたのが医療崩壊です。

グローバリズムは平常時にはある程度うまく機能しても、非常時には安全弁がないだけに脆弱この上ないのです。今後、各国で飲食店をはじめ多くの中小企業がつぶれ、大量の非正規社員が職を失いそうです。

我が国では失業率が一％上がると平均して二千人自殺者が増えると言われています。コロナによる死者八百八名（二〇二〇年五月二十三日）よりはるかに多いのです。効率第一で安全弁を欠いたグローバリズムは、弱者の生命さえ守れないのです。

コロナ後、二つの分断が鮮明になりますが、具体的に世界はどのように動いて行くでしょうか。

第一に、中国に移転していた工場の国内回帰や他国への分散が先進国で始まります。これは我が国にとり地方再生のための明るいニュースです。政府は回帰する企業への支援に力を入れるべきです。

自由貿易が見直され、各国で国民国家への回帰も進み、ナショナリズムや自国ファーストの動きが出てきます。過熱に気をつけないと戦前に逆戻りしますから要注意です。

自国産業の保護も始まります。これがないと予期される食糧難になす術《すべ》がありません。今回のコロナ禍で見たように、一朝ことあればどの国も自国ファーストになります。輸入が途絶えたりすれば自給率四〇％を切る我が国は生存できなくなります。

例えばアメリカからの大豆輸入が途絶えたら、大豆の国内生産は七％しかないので、我が国から豆腐、納豆、味噌、醤油などが消え、日本食がなくなります。

農業は各国とも、政府が国民の生命を守るため、最後まで死守すべきものです。余剰農産物を抱えるアメリカの強圧や脅しに屈してはなりません。

医薬品やＩＴなどの重要産業や、不動産の外資買収規制も早期に実行されるでしょう。

コロナで弱体化した先進国企業に対しすでに中国が触手を伸ばしているからです。また各国で失業者が急増しますから、彼等を守るため移民規制もされるでしょう。これらはすべて自由貿易と正反対の動きであり、グローバリズムから国民国家へと舵を切ることになります。

「自分を守るのは自分だけだ」

これまでグローバリズムを半ば強制的に各国に強いてきたアメリカは、こういった動きに文句をつけそうにありません。

中国批判のボルテージを高めるアメリカに対し、中国の国営通信社である新華社は、社説で「中国は医薬品の輸出規制をすることも可能だ。その場合、アメリカはコロナウイルスの大海に沈むだろう」と脅しました。その通りなのです。アメリカで使用中の抗生物質の九七％は中国産なのです。必需品のレアアースを日本に対し輸出規制した中国ですから、本当にやりかねません。

アメリカは自国の国際金融資本や多国籍企業の利益のため、グローバリズム（規制なき自由貿易）というとんでもないシロモノを主唱してきましたが、やっとその誤りに気付いたはずです。

日本をはじめグローバリズムになびいてきた国々は、土壇場になれば「自分を守るのは自分だけだ」ということを今回学習しましたから、国防に力を入れることになるでしょう。疫病、密輸、不法入国などに対する国境管理の厳格化、など内向きに進むはずです。かと言ってグローバリズムは簡単には引き下がりません。感染拡大はグローバリズムのせいでなく、中国による隠蔽のせいだ。WHOを改革し、パンデミック時に国家をこえた非常大権を持たせればよい、などとグローバリズムの欠陥を糊塗しようとします。

ただ、各国とも低所得層の死者が圧倒的に多いことを見ました。経済的格差を必然的に作り中間層を貧困層へ追いやる、というグローバリズムの致命的欠陥が顕在化しましたから、それへの反感は高まり、国民国家への流れは止まりません。コロナ禍のおかげです。

第二に、各国で格差の是正や福祉政策が強化されます。

ニューヨークではっきりしたのは、介護、ゴミ回収、スーパー、配達などに携わる人々、自宅待機できない人々がまっ先に感染し、それを拡大させたことです。彼等の多くは黒人やヒスパニック系や不法移民などで、貧しく国民皆保険もないため、満足な医療も受けられず片端から死亡しました。

全米で料金未払いにより水道を止められた千五百万世帯の人々も、家で手も洗えず多くが感染しました。世界一のＣＤＣ（疾病予防管理センター）を有するアメリカの人口当たりコロナ死亡者数は、現在（二〇二〇年五月）までに日本の四十五倍ほどなのです。

各国とも貧しい者と高齢者が集中的に感染死しています。福祉はグローバリズムにとって非効率な足枷ですが、それを削れば、貧しい者から感染し、感染爆発を誘発し、医療崩壊、経済破綻へと進むことが分かったのです。コロナ禍のおかげです。

中国へどうやって懲罰を与えるか

第三に、中国への懲罰や制裁が強烈になります。

中国がウイルス発生源であることの責任は問えません。どこの国でも起こりうることだからです。ただし、決定的に重要な初期の段階で、隠蔽を重ねＷＨＯにも報告せず、パンデミック化させ、世界でこれまでに数十万人を殺し、世界経済を破壊してしまった責任は問われます。

アメリカではすでに多くの州で企業や人々が集団訴訟をおこしています。中国と蜜月だったドイツでさえ、最大の日刊紙ビルトが社説で、「中国政府に二十兆円近い賠償請求をすべき」と書きました。ポンペオ米国務長官は二〇二〇年五月二十日、「コロナによる損害は世界中で約九百七十兆円になる。中国に対し損害賠償や資産凍結などの経済制裁が考えられる」と言明しました。

主権国家による行為は外国の裁判所で裁かれないという国際法上の原則などがあるため、実効性は低いものの、アメリカは中国保有の米国債（約百二十兆円）や在米中国資産の差し押さえ、という非常手段に出ることもあり得ます。かつて、アメリカが日本に対しそれを実行し戦争になりました。

アメリカが実行すれば、報道規制の敷かれた中国では世論が沸騰しかねず、いきなり危険水域に入ります。アメリカがいきり立つ気持は分かりますが、それは禁じ手です。

他に制裁の方法はいくらでもあります。各国がファーウェイを5Gネットワークから外すこと。また中国に対するこれまでの驚くべき甘やかし、「外国企業は、中国で稼いだ金は持ち出さず中国で再投資する」、「中国で活動する外国企業の技術は中国にすべて開示する」、「他国では禁じられている、政府による輸出企業への補助金が中国だけは許される」、「世界第二位の経済大国でありながら発展途上国のふりをし、ＷＴＯから優遇措置を受ける」といった不公正を廃止させること。これら特別待遇を撤廃するだけでも、真綿で首を締めるような効果があり、しかも安全なのです。

金では測れないものの価値が見直される

第四は、価値観の変化が起きることです。

経済至上主義への懐疑が強まり、アメリカ的な功利主義とか金銭崇拝とか効率能率追求、といった価値観が後退しそうです。

各国で起きた医療崩壊も、効率を追う余り、余分の感染病棟や病床、マスク、人工呼吸器、防護服などを十分に備蓄しておかなかったことが一因です。

これまで、利潤を最大化することだけを念頭に、競争、競争、評価、評価でやってきた社会が、切り捨ててきたものの大きさに気付いたはずです。そして金銭で測れないもの、身の回りにあるささやかな幸せ、安全、安心などの価値を高く評価するようになるでしょう。

具体的には、美しい自然、豊かな文化や芸術、教養、道徳、人類への貢献としての基礎科学など、金に結びつかない、金で測れないものの価値が見直されるのではないでしょうか。

清潔さも再評価されるべきものです。何万年にもわたって、大地震、大津波、大台風、大洪水、大噴火などで何もかも失うという辛い体験を重ねてきた日本人は、「人の世の儚さ」を骨の髄まで知っています。

そこから、自然にひざまずくという土着信仰が生まれ、神道が始まりました。神道では「穢《けが》れ」を嫌いますから、神社境内は常に掃き清められていて、参拝の前には手水《ちょうず》で身を清めます。こんな所から日本人の清潔志向が培われました。

一六〇〇年に日本に漂着したウィリアム・アダムスは、日本の清潔さに驚き、幕末に来日した考古学者シュリーマンは、「日本人が世界一清潔な国民であることは異論の余地がない」と書きました。無論、現在でも図抜けて世界一です。

日本が抑え込んだ二度のパンデミック

清潔を重んずる土壌もあり、今回のコロナ禍で、日本は被害を最小限に抑えこみそうです。死亡者数が八百八名（二〇二〇年五月二十三日）と人口の割に異常に少ないのを見て、諸外国が驚いています。

二〇二〇年五月中旬には米外交誌『フォーリン・ポリシー』が、「日本の新型コロナ対策はことごとく見当違いに見えるが、結果的には世界で最も死亡率を低く抑えた国の一つである。奇妙な成功」と評しました。

オーストラリアのABC放送は「日本は、満員電車、高い高齢化率、罰則なしの緊急事態宣言、低い検査率など、イタリアやニューヨークの二の舞になるすべてを揃えていた。封じ込め成功はミステリー」と報じました。英紙ガーディアンは「衛生観念の高さと、ウイルスに対する国民の静かな決意が賞賛される」と書きました。

実は二〇〇九年にパンデミック化した新型インフルエンザでも、日本は人口十万に対する死亡率を〇・一六（米国三・九六、英国〇・七六、独〇・三一）と最も低く抑えていたのです。今回も含め、医療従事者の献身はもちろんですが、国民の高い公衆衛生意識、規律や秩序など高い公の精神、すなわち民度の高さの勝利なのです。

中国は強権による都市封鎖や顔認証などの国民監視体制を駆使して感染を封じこめ、欧米は一時的な強権発動に踏み切りましたがうまく行きませんでした。今後、中国はこの事実から、人権に気をとられている民主主義より全体主義の方が、人の命を救うという点ですぐれている、と必ず主張します。

この時に日本が、強権を用いず、自粛要請だけでコロナを抑えこんだというのは中国の牽強付会に対する最大の反撃となります。二度のパンデミックを、中国とも欧米とも違う、民度の高さと静かな決意で抑え込んだ、というのは世界史的意義のあることなのです。

（二〇二〇年七月）

第八章　家族の肖像

父の足跡をたどって

毎年何かしらの理由をつけて夫婦で外国に行く。五年に一度ほどアジアに行く以外はヨーロッパばかりだ。アフリカと中南米は治安を気にする私がいやがるし、アメリカは女房がいやがる。

息子達の小さい頃、家族でニューヨークへ行ったことがあった。当地に住むアメリカ時代の女友達E嬢に家族を紹介しようと、私は連絡をとった。ホテルのロビーで家族とともに待っていると、玄関に入り私を見つけたE嬢は、うれしさの余り私にかけ寄ると、思い切り強く私を抱擁した。そこまでならよかったのだが、興奮の余り私にキスまでしたのだ（唇）。横で女房は憮然とし、息子達は口を開いて見上げていた。これでアメリカがなくなった。

今夏はスイスだった。久し振りに父の墓参りをし、父が五十五年前に訪れたスイスの村々を、その時の旅行記『アルプスの谷　アルプスの村』（新潮文庫）を手に、たどってみることにしたのだ。

父が突然に逝った二年後、母はユングフラウ鉄道のクライネ・シャイデック駅近くの丘に、好きだったアイガーを父が毎日見られるようにと墓碑を作った。いくつかの遺品が埋められた岩に、「アルプスを愛した日本の作家　新田次郎　ここに眠る Japanese novelist JIRO NITTA（1912–1980）sleeps here」と刻んだ銅板がはめこんである。父の死後なかなか立ち直れなかった母は、父に会えるかのごとく毎夏いそいそとここを訪ねた。

私達はルツェルンで開催中の音楽祭でベルリンフィルを聴いてから、海抜千六百米の村ミューレンに向かった。

電車、アプト式電車、バス、ロープウェーと乗り換えた。車窓からは、まず鮮緑の牧草地とその上部に深緑の森林が、そして次第に窓の上からはみ出すように、アイガー、メンヒ、ユングフラウの三名峰が見えてくる。三名峰に対峙する、切り立った崖の上の狭小の地に開けた村がミューレンである。麓からの道はないから車やバスは入れないし、大きなホテルも建たない。絶景なのに隠れ家のままである。

山小屋風ホテルの部屋のテラスから見上げる、三名峰の威容は圧倒的だった。高さ四千米の荒々しい岩盤が、石斧のごとく蒼天に突き刺さっている。コーヒーでも飲みながら、父の夢見た風景を心ゆくまで眺めようと思っていたら、旅に出ると決して休息を許さない女房が「さあ、天気の崩れないうちに歩くわよ」と言った。山仕度を整え二時間余りのトレッキングとなった。

夕食前の散歩中、小ぢんまりとした木造教会の芝生のベンチに腰かけ、暮れなずむ山々を眺めている五十代半ばと思われる男性と、母親であろうか品のよい老婦人に目が止まった。絵のような光景だったので、思わず話しかけた。

「よくこちらに来られるのですか」「毎夏母と来ています」「この景色ですからね」。母親が「初めて来た五十年前はアイガーもユングフラウも全山真白でしたが、最近は温暖化のせいでしょうか、雪がすっかり上の方に後退しました」と言った。

「どれ位滞在ですか」と聞き返すと母親が「二週間（fortnight）」と言った。「英国の方ですね」「どうして分かりました」「英語です」。二人はうれしそうにうなずいた。美しい英語やフォートナイトなどという単語は、英国中上流階級だけのものだからである。男性はバーミンガム近くの町の牧師だった。

「あなた方はどうしてここに」「作家だった父は五十五年前、憧れのアルプスを見ようと三カ月間スイスを回りました。私達はその時の父の足跡をたどるつもりです」。男性は

「追憶の旅なのですね」と言うと何を思ったのか一瞬目をうるませ、私達から目を離すと正面の山々を無言のまま見上げた。

しばらくして口を開いた。「お子さんは」「碌《ろく》でなし息子達が三人います」。男性は一笑してから急に真面目な顔となり、「あなたの言う碌でなし息子達が、五十五年後にあなた方の足跡を訪ねここに来ることでしょうね」と言った。

話が弾み、辺りがすっかり薄暗くなったのでいとまを告げると、彼はベンチからすっと立ち上がりこちらに歩み寄ると、「あなた方と素晴らしいお話ができました。本当にありがとう」と言って私達に堅い握手をした。

教会の細道を下りながら見上げると、アイガーの西壁が夕陽にほの赤く輝いていた。

翌朝、父の墓碑を訪れようと電車、ケーブル、ロープウェーと乗り継ぎメンリッヒェンに出た。ここから眼前にユングフラウ、メンヒ、アイガーを眺めつつ、海抜二千米余りのクライネ・シャイデックに向かった。草を食む牛のカウベルが周囲から「からんころん」と響いてくる。これほど心地よいトレッキングはこの世にあるまいと思いながら二時間弱で目的地に着いた。

駅広場から墓碑へは、スイス政府観光局の好意で木製階段と手すりが作られている。

私達家族が初めてここを訪れたのは英国ケンブリッジに住んでいた一九八八年の夏であった。母が父つきの編集者達と訪れるのに合流したのだ。墓碑の前で手を合わせていると、その夏が思い出された。皆で黙禱をしてから、編集者T氏の吹くハーモニカに合わせ、父の好きだった「荒城の月」を合唱した。急逝して八年たっていたが、誰もが喪失感を胸に抱いたままだった。母がこらえ切れぬように途中から両手を岩にはめこまれた銅板につき、ついには額を押し当てた。女房が鼻をすすりながら小刻みに震える母の背に掌をあててさすっていた。

あれから三十一年がたった。今や父ばかりか母も他界した。悠久の自然に抱かれながら、人間だけが目まぐるしく流転する。いずれ私達も。牧師の言葉が思い出された。私は「さあ、グリンデルバルトまで歩くぞ、四時間だ」と大声で言った。この日の歩数計は二十キロ、三万五千歩を示した。（二〇一九年十一月）

記憶の余得

幼い頃から悪戯《いたずら》で親に心配ばかりかけたが、記憶力だけはよかった。五歳の時には九九を、六歳までには世界各国の首都から将棋、囲碁、麻雀まで覚えてしまった。勢いは中学校でも衰えず三年間で英単語六千以上、独仏語では基本文法に加えそれぞれ千以上の単語を覚え今も覚えている。新しい知識がスポンジのように吸いこまれるのが脳にとって快感だったのだろう。

先日、小学校二年生まで通った神田の小学校の同窓会の知らせがきた。たった二年間しか通っていないからと気後れして、それまで欠席していたのだが、「最後の同窓会」と銘打っていたので出席した。半世紀以上ぶりということで司会者にスピーチを頼まれた。私は思い出を語った。

「二年生の夏に、長い髪を真中から左右に分けたつぶらな瞳のくらしなれい子ちゃんが転校してしまいました。話したこともなかったのに、引越しの日の午後、私は彼女の家のそばまで行って、トラックに乗って去って行く彼女を物陰からじっと見ていました。トラックが消える時は気の遠くなるような気持でした。生まれて初めての慕情、別れの淋しさでした」。

Ｈ君が「そんな子いたっけ、覚えてないなあ」と言い、女性二人が「そう言えばそんな子いたわね」とうなずき合っていた。

「主婦の友」の社宅から通っていた利発なＳ君、フランス人形のようなＨ子ちゃん、優等生のＩ子ちゃんのこと。父兄会で見たＳ子ちゃんのお母さんが、転校してからも思い出すほどの美しさだったこと、幼稚園生の弟も例外的な可愛さだったこと。計算競争でいつもＴ君に負け、「何でお前そんなに速いんだ」と問いつめたら、「僕、算盤を習っているから」と色白の頬にうぶ毛を光らせながら言ったこと。思い出すままにこんな話をした。白髪の税理士となったＴ君が、後方で頬をなでていた。

私の前の席にいたまん丸顔のけい子ちゃんが好きだったのに、彼女は隣りのＫ君と仲がよく、ふざけて押したり引いたりしていたこと。押すのはよくても引くのは許せなかったこと。餓鬼大将の私は級友たちを子分として意のままに仕切っていたが、Ｋ君に「けい子ちゃんといちゃつくな」とはどうしても言えなかったこと。仕方なくＫ君のように笑う時に舌先を前歯にはさめば、けい子ちゃんに好かれるかもと、家の鏡の前でこっそり練習したこと、なども話した。皆が笑った。けい子ちゃんは欠席、Ｋ君はガンで闘病中だった。

「私は二組の餓鬼大将として時々一組の連中に待伏せされました。そのたびに俊足を用い逃げたのですが、ある時、父に相談しました。父は藤原家伝来の喧嘩必勝法を授けてくれました。『大勢に囲まれた時、全員を相手にすると袋叩きに遭うから、最も強い奴一人だけをめがけて突進しろ。両腕を水車のようにぐるぐる回しながら突進する。水車戦法だ。効果はお父さんが実証ずみだ』」。皆が笑った。

「ある放課後、校庭で一組のボスと子分数人に取り囲まれました。最強の魚屋の息子Ｗが腰を低く身構え拳を前で握りしめ、喧嘩なれしているのか不敵な笑みを浮かべ私へ臨戦態勢をとりました」。私の兄と同級の兄をもつＩ君が「Ｗは今は寿司屋だよ」と言った。

「父の『今だ、行けえー』と言う声が聞こえました。教え通り歯をむき、この世のものとは思えない形相で、腕をぶん回しつつ突進しました。と、Ｗが視界から消えたのです。Ｗは地にひれ伏していました。そして『おみそれしやした。もう二度といたしません、ご勘弁を』と謝り、皆もＷにならったのです」。再びＩ君が「そんなことがあったのか、まだ焼け跡のあった頃だからなあ」と言った。皆が、「それにしても、六年までいた僕達よりはるかによく覚えているなあ」と口々に感心した。

この記憶力が五十歳の頃から怪しくなった。それまでは、日程などは一度聞いたら忘れなかったので手帳を所有していなかったが、初めて手帳を持つようになった。

六十歳になると人名が覚えられなくなった。講義の方は、若い頃と同様、講義前に一時間ほど予習すれば、一時間半の講義中、一切ノートに目を落とさず黒板に数式を書き続けることができた。なのにたった四名ほどの私のゼミ生の名が覚えられない。顔と出身校は四月の自己紹介時に直ちに覚えるのに名が覚えられない。

仕方なく学生を「磐田南」とか「山形西」などと呼ぶことになった。九月頃になって、「先生、そろそろ名前で呼んで下さい」と言われる始末だった。卒業して十年余りたった今でも不安なのか、年賀状には「掛川西の○○です」などと書いてくるほどだ。今では、何度も会って話したことのある人の、話した内容の詳細まで覚えているのに名前だけが出てこない。

ただ、若くして覚えたことは今も財産だ。女房と寺社巡りをした時なども、「親鸞が『教行信証』を書いたのは一二二四年だよ」とか、「日蓮の『立正安国論』は一二六〇年だ」などと言って、下克上の勢いに乗る女房に戸主の威厳を見せつけることができる。

同窓会を終え廊下に出た私を追ってきたＳ子ちゃんが「母のことを覚えていて下さり、あんなにほめてくれてありがとう」と、昔のように右頬に可愛いえくぼを作って言った。「お母様はあの頃三十歳ほどでしたか」「はい。でも五十代の若さで亡くなりました」「可愛い弟さんは」「長患いの後、昨年亡くなりました」。六十数年の歳月が流れていたのだ。

別れ際、Ｓ子ちゃんはお母様を彷彿とさせる気品ある微笑みを浮かべ、私の両手を包むように長い間握ってくれた。八歳の私が八歳のＳ子ちゃんに手を握られた気がして、思わず赤くなってしまった。私を見つめる瞳はうるんでいた（恐らく、きっと、絶対に）。（二〇二〇年七月）

目覚めた美声

小学六年生の時、合唱コンクールに向けた学校代表の合唱団に選ばれた。六人に一人の狭き門に私が入ったので、級友は驚き私も驚いた。誰より甲高い早口の私は低い声がまったく出ず、歌とは無縁だったからである。

父はよく風呂で抑留生活を思い出しながら「異国の丘」を歌ったり、「白い花の咲く頃」や「誰か故郷を想わざる」を郷愁たっぷりに歌っていた。歌が好きだったが、ひどく調子っぱずれでもあった。自らの実力を知る母はめったに歌わなかった。まれに口ずさむと家族が吹き出すようなものだった。

それに昭和二十年代、私の触れる音楽といったら、日曜昼食時の「のど自慢素人演芸会」と、母が夕飯の準備をしながら聞く「ＮＨＫラジオ歌謡」くらいだったから、歌のうまくなる環境ではなかった。

私が選ばれたのは、武蔵野音大声楽科出身の女性教師が、「算数のできる子は音楽もできます」と常日頃言っていて、私を入れざるを得なかったからだ。

それに小学校時代は私の全盛期で極端かつ異常に可愛かったから、この先生にえこひいきされていた。放課後にこっそりヤクルトをくれたり、自宅に招かれ菓子や故郷山形の話でもてなされたりした。一人で未婚女性の家に入ったのはこれが初めてだった。

課題曲「かっこうワルツ」を猛特訓中の放課後のことだった。教壇を下りてゆっくりと歌声の中に入ってきた先生は、私のそばでふと足を止め、数秒ほど険しい表情で耳を澄ました。精一杯歌い上げていた私の元に歩み寄り、耳元で「あなたは口真似していればいいわよ」と囁いた。

本大会の行なわれた東京女子大講堂で、私は最後列の端で口パクを続けていた。先生の判断は正しかった。

半年後に受けた中学入試の実技で、図工は担任の顔を描くこと、音楽は譜面を四小節ほど歌うことだった。入学して初日の授業で出席をとっていた海軍帰りの体育教師が、私の番になってこう言った。「貴様が藤原か。噂は試験前から聞いていたが大したことはないな。図工は二十点満点の四点、音楽は六点の超低空飛行だった」。

中学生の頃、家にステレオが入った。父の気象庁の部下が、秋葉原で部品を買い集め組み立ててくれたのである。これで音楽環境が一気に整った。クラシック、歌謡曲、エルビスなどのポピュラーが怒濤のごとく私に押し寄せた。私の音感はついに惰眠から覚め芽を吹いたのである。

以来いつも唇に歌があった。大学の入学祝いに買ってもらった青い背広を着て、藤山一郎の「青い背広で」を口ずさみながら街を歩き、スキーリフトでは灰田勝彦の「新雪」を高らかに歌い、青春の甘い感傷にひたった。

二十代末に渡米する時には、眼下の太平洋がみるみる明けて行くのを見ながら、「愛国行進曲」（見よ東海の空あけて……）を歌い、アメリカ数学界に殴り込みだと勇んだ。

ミシガンの暗く長い冬に孤独と激しい郷愁に襲われた後、突然に訪れた春に歌ったのは、ビリー・バンバンの「白いブランコ」（君はおぼえているかしら　あの白いブランコ……日暮れはいつも淋しいと　小さな肩をふるわせた……）だった。毎夕食後、一キロほど離れた小学校まで散歩し、校庭のブランコに一人揺られながら、人を酔わす春宵の中で一時間もこれを歌っていた。一生で最も淋しく、最も美しい春だった。

三十代中頃、お茶の水女子大の教え子十数人とスキーに行った。信州とロッキーで鍛えた私の華麗なスキーに皆がうっとりした。夕食後にゲームをした。負けた者は罰として歌を歌わされた。何回目かに負けた私は、歌に秘かな自信もあったが、かっこうワルツが頭をかすめ固辞した。腕立て伏せ三十回で許してもらった。

次に負けた時は許してくれなかったので、二葉あき子の「水色のワルツ」（君に逢ううれしさの　胸にふかく　水色のハンカチをひそめる習慣《ならわし》が……）を熱唱した。皆が口々に「先生、素敵でした」と言った。雌伏二十年、修練がやっと実を結んだとうれしかった。と一人が、「情感たっぷりでした。詩の朗読のようでした」と余計なことを言った。かっこうワルツに続く二度目の屈辱だった。

ところが五十歳を過ぎた頃、低音が出るようになったことに気付いた。しかも強烈かつ激烈にうまくなっていたのだ。風呂で大声で歌っても、戸の向うから女房に「ウルサーイ」と私より大きな声で怒鳴られることもなくなった。

日本の童謡や唱歌や歌謡曲に溢れる「もののあわれ」と私の美声が見事に共鳴し、自分で歌いながら涙ぐんでしまうことさえある。歌いながら思い出に浸ることが多い。自らの人生への疑念や悔悟の念が不思議と溶け出してきて、昇華され、自己肯定感が生まれ、心安まるのだ。

歌に自信を持った私は人を見ると歌い出すようになった。古稀を迎えた美女に「ものすごーくうまい」と熱く見つめられたし、歌謡曲の大専門家でもある作家の五木寛之さんには「お上手ですね、レコードでも出されたらいかがですか」とほめられた。

止まる所を知らない私は外国でも歌う。オランダのレストランで働くアルゼンチン人給仕とは「ベサメムーチョ（たくさんキスして）」を合唱し、スイスの山小屋ではドイツ人一行にヒトラー時代の軍歌をドイツ語で歌って慌てさせ、トルコでは遊覧船の中で元政府高官とトルコ民謡「ウスクダラ」を合唱した。

先年、ビリー・バンバンと食事をした時は「さよならをするために」（過ぎた日の微笑みを　みんな君にあげる……）を歌った。初めの八小節だけだったが、「この歌は出だしが難しいんですがお上手ですね」とほめられた。プロにほめられたのだから私もついに本物になったのだ。

帰り道、「歌手の持ち歌を当人の前で歌うなんて凄い度胸ね」と女房に呆れられた。（二〇二〇年十二月）

線路は続くよ

一年半のコロナ禍を経て、人に会えないことがいかに辛いか、人と会って話すことこそが元気の源であることを思い知った者は多くいるだろう。

私なども、長きにわたって築いてきた内密親密濃密な関係の女性達と、ソーシャルディスタンス保持不能のため、一年半も会えずすっかり参っている。もう私のことなどすっかり忘れているかも知れない、と考えると目の前が真っ暗になる。

子供や孫と会うのさえ最小限に抑えてきたが、私達夫婦がワクチン接種を終えたこの夏、藤原家全員集合を決行した。息子達とその家族がＰＣＲ検査陰性確認の上、蓼科の山荘にやって来た。私達、息子三人、嫁二人、孫二人の総勢九名が一週間近く、涼風吹きぬける山荘で、マスクなしに食べ話し遊んだのであった。

二歳と三歳の孫と遊べたのが私達にとっては何よりだった。三歳のオーちゃんが図鑑を丸暗記するほどの鉄道オタクで、明けても暮れても「大井川鉄道ＥＤ90形アプト式……」

などとつぶやいているのがおかしかった。

そこで茅野駅前に鎮座する蒸気機関車を見せに連れて行った。オーちゃんが自分の背より大きな車輪にたまげている間に説明板を読むと、諏訪鉄山からの鉄鉱石輸送に使用されたC12形機関車とあった。小学生の頃が思い出された。

幼い頃より、夏休みの初日から最終日までを、八ヶ岳西麓にある母の生家で祖父母と過ごすのが慣わしだった。トンネルに入る合図の汽笛を耳にするや慌てて窓を閉める、ということを何十回もくり返し、六時間をかけて新宿から茅野まで一人で行ったのだ。

駅には野良着のふんごみ（踏込袴）でなく和服でおめかしした祖母が迎えに出ていて、煙で煤《すす》だらけとなった私の顔を駅の水道水で洗ってくれた。茅野駅から三里ほど山へ入った祖父母の住む部落には、満州からの引揚げ後にしばらく暮らしていたこともあり友達が多く、方言も自在に操れたから毎日が楽しかった。

三年生の頃だったか、部落中の馬の蹄鉄《ていてつ》を一手に引受ける鉄沓《かなぐつ》屋の息子ヒロスミなど仲間数人と、蓼科湖の方へ遊びに行った。二キロほど歩くと道が広くなり、両脇が削られて赤土がむき出しになっているところに出た。

皆で赤土を崩して遊んでいたら、大きな背負竹籠《しょいびく》に蚕に食べさせる桑の葉を一杯に入れた初老のおじさんが通りかかった。おじさんは重いびくを下ろすと、「小僧等、ここが鉄山だったちゅうこと知らねえら。戦時中はアメリカ人やイギリス人が二百人以上も働いていただぞ」と言った。

ヒロスミが「戦争が終ったら殺しちまっただけえ」と聞くと、「捕虜を殺しちまっちゃあ後で大問題になるわ、ハハハ。おら家《え》の畑が荒らされて馬鈴薯を盗まれたことだってあるわ。でけえ足跡から連中の仕業っちゅうこんはすぐ分かったがな、連中もひもじい思いしてるに違いねえからと軍にも警察にも届けなんだわ」と言った。

私が「ほんなにやさしくしなんでもよかったに」と言ったら、「ほれがなあ、終戦の翌日には、へえ米軍機がこの田舎まで飛んできただぞ。火の見から棒で叩き落とせるくれえの低空飛行だったわ。捕虜に食料や薬を届けようと下見に来たずら、十日ほどしてほういったものをパラシュートで落てえて行ったわ。学校の庭にチョコレートのつまった箱が落ちたり、畑に砂糖の大袋が落ちたりしたわ」と言った。

祖父によると諏訪鉄山は武田信玄の頃から露天掘りされていて、軍備大増強の叫ばれた昭和十二年頃からは二千人以上が働いていた。鉄の窮乏した昭和十九年には鉄山から茅野駅まで十キロの線路が突貫工事で敷かれ、掘られた鉄鉱石はC12機関車で駅まで運ばれ、そこから川崎の日本鋼管まで輸送されたという。

この頃、東大数学科は諏訪に疎開していた。数学科の教官と学生は陸軍の要請により、茅野の小学校の一角で米軍の暗号解読に従事していたのである。

後にフィールズ賞を受賞することになる小平邦彦先生は、父上の生家がありC12の通る米沢村に、学生達は茅野駅そばの銭湯二階などに宿泊した。彼等の何人かは戦後、世界的数学者として名を馳せ、プリンストン大、エール大、イリノイ大、ミネソタ大などで教授となった。

暗号解読については終生語らなかったが、これら私の尊敬する天才達が総力を挙げて解読に取り組んだから、米軍暗号のかなりを解読してしまった。ただし解読はできても、昭和十九年末ともなると敵を迎撃する戦闘機も軍艦もなく、なすすべがなかったらしい。

平成の初め、陸軍情報部の少佐だったK氏に何度かお目にかかった。「もっと早く数学者を使っていたら、そう簡単に負けなかったのに」と悔しがっていた。

K氏は暗号将校として日米開戦後すぐに、数学者の頭脳を暗号の作成や解読に使うよう上司に具申したが、国家最高機密を民間に託すなどもってのほか、と却下されたらしい。

昭和十八年四月に山本五十六長官機が撃墜されたのを見て、暗号を解読されたと確信したK氏は十八年夏、上司の許可を得て東大数学科の重鎮高木貞治博士の自宅に伺い、協力を依頼、快諾されたのだった。

暗号理論に関するK氏の講義を数カ月間受けただけで、それまで歯が立たなかった暗号を数学者達が解読し始めたのに仰天した、とK氏は述懐した。

たった七十年余り前の出来事なのに、今では祖父母も父母もこの世になく、鉄山も線路も跡形なく消え、線路跡にはビーナスラインという観光道路が通った。陸軍情報部の将校達も暗号解読の若き天才数学者達もすでに故人となってしまった。残るのは黒い鋼鉄のC12機関車だけである。

C12に張り付いたままのオーちゃんは、私の感慨をよそに、「キセイ線、フクチヤマ線、バンエツサイ線……」などとつぶやいていた。（二〇二一年十一月）

隣人への想い

芭蕉の最晩年の句に、「秋深き隣は何をする人ぞ」というのがある。晩秋の夜、誰かも分からない隣の人に想いを馳せる、という人間的ぬくもりのこもった名句である。

日本の生んだ大数学者の岡潔先生は、この句に表われた「自分以外のものへのそこはかとないなつかしさ」こそが西洋人と違う日本人の情緒であり、彼の創造した画期的な不定域イデアル理論はこの句そのもの、と仰った。

岡先生の深遠さには及ぶべくもないが、隣の人に想いを馳せることにかけては、私も人後に落ちない。

二十代後半の頃、私は理学部の助手をしていたが、研究に行き詰まると一週間ほど地方に逗留し、朝から晩まで毎日考え続ける、ということをしていた。

うまく進まないのを自らの能力でなくすべて他のせいにした。東京にいて問題が解けないのは、東京の空気が汚いから、街が騒々しくうるおいがないから、美しい自然がないから、父や母のいる家の雰囲気が悪いから、といった具合である。

思い出すだけでも九十九里、伊良湖、犬山、金沢、蒲郡、津和野、瀬戸内海の本島、鞆《とも》の浦などが挙げられるから、行き詰まってばかりいたのだろう。

琵琶湖畔の風光明媚な近江舞子の国民宿舎に泊まった時のことだった。何日目だったか、隣室から女性のかすかな声が聞こえてきた。国民宿舎の部屋は、廊下に面したドアの最下部が空気の抜けるよう格子になっていて、このドアの内側にふすまがある。この日はふすまが開いていたのか隣室からかすかな声が、いや歌声が洩れてきたのだった。

母親が幼い娘に、「ぞうさん　ぞうさん　おはながながいのね　そうよ　かあさんもながいのよ」、とやさしい声でくり返し歌っている。私と同じ年恰好の和服の母親が、膝にのせた愛くるしい娘のせがむままに歌ってやっている。私は勝手にそんな想像をした。

翌日も「ぞうさん」は一日中続いた。幼い娘を心からいつくしむ声に感動さえ覚えた。すっかり魅せられた私は、母子の声に耳を澄ませながら小声で唱和していた。ほぼ一日中、唱和していた。いつしか、この女性が竹久夢二の絵に出てくるような日本美人に違いないと思い込んだ。ついには、淡い恋心まで抱いた。

その翌朝、この夢のような母子を一目でも見たいと、朝食時の食堂に下りて行った。地方に逗留する時の私は倹約のため朝食抜きだったから、食堂は初めてだった。七時半から二十分おきくらいに食堂へ下りたが、それらしき姿はどこにもなかった。早朝に宿を出たようだった。その翌日、懸案の問題は解決せぬまま私は宿を後にした。帰京の新幹線の中で、私はずっと「ぞうさん」を口ずさんでいた。

　私の隣人への想いはどこででも発揮される。

　数年前、沖縄のホテルでの朝食時、私の五メートルほど前方に七十代らしき男女がいた。どこと言って変わった所のない二人だった。ただ、一言も交わさず黙々と食べているのが気になった。食事中の夫婦というのは私達夫婦のように、ペチャクチャとつまらない話をしたり、喧嘩をしたり笑い合ったりするものと思っていたから、どんな関係かと興味を持った。二人が一言でも交わすか注視し続けた。

　二人は話すどころか、目も合わせない、顔さえ見ない。そんなつまらない相手と、どうして一緒に沖縄まで来ているのかと思うほどだった。三十分ほどすると男性が黙って立ち上がった。女性が三秒遅れで従った。長年連れ添った夫婦は笑みさえ交わさなくなるもののようだ。これ以降、食堂やレストランで無愛想に向き合っている男女は夫婦と断定している。

十年ほど前になるが、京都での講演の折、主催者が私には不釣り合いな高級旅館に宿をとってくれた。普段は講演について来ない女房が、「わあ、その旅館、一度は泊まってみたかったの、懐石料理で有名だし」とかで、珍らしく同行することとなった。

格式の高い佇《たたずま》いの和風玄関へ続く石畳の上に、樹々を洩れ出た秋陽がまだらを描いていた。夕食は、細長い和室大広間をふすまと欄間《らんま》で区切ったものの一つ、六畳間に通された。風呂上がりのどてら姿で食べ始めた頃、隣室に男女の入る気配がした。

耳をそばだてると女性が敬語を使っている。「先生」と呼びかけた瞬間に、女房が目と口を半開きにして私を見た。夫婦ではないらしい。さては、と血が騒いだ。途端に私達は声が出なくなった。

話の内容から、男性は国会議員か県会議員のようだった。一泊十数万円を払えるのだからかなりの大物のはずだ。二人が食事を始めてしばらくした頃、女性がしみじみと言った。「私、先生に出会って初めて、女性として生まれた幸せを知りました」。女房が目と口を全開にし、当惑を顔一杯に浮かべ、好色を顔一杯に浮かべた私を見つめた。女房も聞き耳を立てていたのだ。

耳に入れてはならないことを耳に入れてしまった私達の緊張は一気に極に達した。食物が喉を通らなくなった。仲居さんが次々に見事な料理を運んで来ては説明してくれるが、隣の人に私達の存在が知られたらと、「もっと小さな声で、もっと手短かに」と念じながら身を固くしていた。

「政治生命を絶つような秘密を知った以上生かしてはおけぬ」と考え、刺客を送ってくるかも知れない。阿吽《あうん》の呼吸で私達は、言葉のやり取りを最小限としヒソヒソ話に徹した。食べ終ると抜き足差し足で自室に戻り部屋の鍵を厳重に閉めた。生き延びたと思った。

　翌朝、宿を出るなり女房が、「二度と来れそうもない宿のお料理だったのに、ほとんど何を食べたか覚えていないの」とこぼした。私は「ここだけには愛人を連れて来るまい」と密かに誓った。どの愛人を連れて来ても同様のことを口走り、隣人にえらい迷惑をかけることになりそうだからである。（二〇二一年二月）

パンドラの箱

　整理整頓が苦手で、幼い頃から「出しっ放し、やりっ放し」と母に叱られていた私だった。中一のときにはじめて四畳の個室が与えられ、二十九歳で渡米するまではここで、机、大きな本棚、散らばった本や論文、脱ぎ捨ての衣類などのすき間に万年床を敷いて寝ていた。

「何がどこにあるか分かっているからいじらないでよ」と母に釘をさしておいたのだが、見かねた母は時折掃除をしていたようだ。自分で掃除した記憶がないのに雑然さが悪化しなかったからだ。

　この正月に、心を改め整理整頓を思い立った。寝室脇の納戸の屋根裏に放りこんだままになっていたダンボール箱の整理である。三十年余り前、家族と渡英している間に家を新築したのだが、旅立つ直前の多忙の中、家にあったものを内容も確かめぬまま投げ入れたいくつものダンボール箱だ。

久しぶりに屋根裏を見上げると赤いマジックで「古い手紙」と書いてあるダンボールが二つ目についた。合わせて五百通をこえる手紙がつまっていた。

二十代末に渡米してから三十五歳で結婚するまでのエアメールだった。これだけは他人の手で整理されたくない。私の名誉にかかわる。いつ愛人宅で頓死するとも限らない身だ。女房や息子達に読まれたら死んでからもバカにされる。鋭敏な私は瞬時にこう思ったのだ。

エアメールは大きく三つに分かれた。数学者からのもの、アメリカの女友達からのもの、私と両親との間のやりとりである。数学者からのものは、研究上のやりとりやクリスマスカードの他は、日本の同僚や先生方からの連絡といったものだった。お世話になった先生方のほとんどが故人となっているのに今更ながら暗然とした。

最も面白かったのはアメリカにいた私から両親に送った手紙だった。

「ルバング島の山中に三十年近く潜んでいた旧日本兵小野田少尉の帰国は、こちらでもかなりの話題となっています。何人かに『どう思うか』と感想を聞かれたので、『感激した』と答えておきました。

逆に同じ質問をある男子学生にしたら、一言、『時間の無駄』と言いました。僕は日本精神の純粋さについて一時間ほど説教し、最後に『これが天皇陛下とニクソンの違いだ』

と言ったら感心したようにうなずいていました。こちらではニクソンは悪の権化です」。

同じ頃のものにこんなのもあった。

「アパートの子供達と仲よくなりました。大学から車で帰ると砂場で遊ぶ四歳から八歳くらいまでの子供達がキャーと叫んで車に駆け寄り、口々に『遊ぼう』と叫びます。車を降りるや『オンブして』『ぐるぐる回しをして』などとねだります。『今日は忙しいから』などと言うと、遠くから『やーい、ウンコ、オシッコ』とか『オシッコで濡れたパンツはいてるくせに』などと言います。

ゲイリー（五歳）とリサ（四歳）の母親から、『子供達が家であなたのことばかり話すので夕食に招待したいんですが』と言われました。この人は少し前に、僕が『コロラド大学に通っている』と言ったら、『新入生ですか』と聞いた人です」。

不思議な体験を綴ったものもあった。

「先週末、政治学専攻の大学院生ナンシーとダンスホールへ行きました。テーブルにつくや、前日にフランス人留学生のジャンポールという男と喧嘩別れしたばかり、と言ったのでびっくり。

夜十一時頃、二人でビールを飲みながらダンスを踊る人々を見ていたら、ナンシーがジルバを踊るあるカップルを鋭い視線で指さし、『あれがジャンポールで一緒にいる馬鹿みたいな女がパムよ』と硬張った表情で言いました。二人は踊り終ると、何と我々のすぐ後に坐ったのです。

青ざめたナンシーは、曲がムードあるブルースに変わるや、思い詰めた表情で『踊ってくれる』と言いました。踊り始めるやすぐに『ごめんなさい、こうさせて』と言いチークダンスとなりました。彼女の背中が小刻みに震えていました。

踊り終わって席に戻る時にジャンポールを見たら、物凄い顔で僕を睨んでいたので楽しくなりました。ナンシーにそう言ったら彼女も満足気でした」。

授業の報告もいろいろあった。

「天皇誕生日の授業中、『今日は大日本帝国の天皇ヒロヒト陛下の七十三回目の誕生日だ』と教えてやり、西に向かって目を閉じ合掌しました。学生達はまず呆気にとられ、それから皆で拍手しました。眼鏡をかけた色白（当り前か）の男が、『そんなにおめでたい日なら今日の講義はキャンセルにしませんか』と言い出す始末。無論一蹴」。

両親からのものは、帰る日を首を長くして待っているというものが多かった。母が家族や親戚の様子を綴った後で、父が最後に俳句をひねるというのが慣わしだった。

二月にもらった手紙には「水仙の芽をふまれけり猫の恋」とか「紅梅の色にじませて春の雪」などというのがあった。長々とした親戚情報より、十七文字から成る一句の方が郷愁を誘ったのは不思議だった。帰国後に父は私にこう言った。

「お前からの手紙はどれも例外なく面白かった。もしかしたらお前は書けるかも知れない。アメリカでの生活をまとめておいたらどうだ」。

おだてに乗り書いたのが処女作の『若き数学者のアメリカ』だった。

二百通余りと多かったのはアメリカの女友達からの手紙だった。夕食後の食卓で「他愛ない内容の手紙ばかりだなあ」と慨嘆しつつ次々とゴミ袋に投げ入れていたら、女房が口を開いた。

「その程度の女性しかあなたなんかに興味を示すはずないもの。鷗外の舞姫のように追ってきてくれる人がいなくて気の毒だったわね」と憐れんだ。

忘れ得ぬ人からの胸の熱くなる手紙をこっそり取っておいたのに気付いていないようだった。いい気味だ。（二〇二二年三月）

生意気な小僧だよ

父の小説で初めて本になったのは、昭和三十年に出版された『強力伝』だった。ぺらぺらの表紙の本だったが、父はそれをうれしそうに枕元に置いて寝た。

年が明けた一月のある日、父は勤め先の中央気象台から帰宅するや、新聞をカバンから出し家族の前でヒラヒラとさせ、「どうだ参ったか、直木賞候補になったぞ」と言った。そして小学校六年生だった私に、十篇ほどの候補作の中から新田次郎『強力伝』に赤鉛筆で丸をつけるよう命じた。前にサンデー毎日賞の候補になった時、同じことをしたら一等賞に選ばれたからであった。

三週間ほどたった一月末の雪がしんしんと降る夜、玄関のベルが鳴った。母と私が飛び出すと、二軒先の箕輪さんの短大に通う俊子ちゃんがゴム長をはいて立っていた。走ってきたらしく息を弾ませたまま「お電話ですよ」と言った。近所で電話のある家はこの家だけだった。

丹前姿の父は書斎から飛び出て無言のまま下駄をひっかけると、二十センチ近い積雪の中に飛び出した。母が私に「今日、築地の新喜楽で直木賞の選考委員会があるのよ」とささやいた。

五分ほどして帰った父は「直木賞とった」と堅い表情を崩さないまま言った。母も「よかったわね」と一瞬頬をほころばせたきり、キッと口元を引き締めていた。何か大変なことが起きたらしい、と私は思った。この夜は、家の外も内も不気味なほど静かだった。

翌週、銀座の文春ビルで小ぢんまりとした授賞式が開かれた。帰宅した父は、「皆の注目が『太陽の季節』を書いた石原慎太郎という一橋大学生に集まったから、何もしゃべらなくてすんだよ」と言い苦笑した。

私が「石原慎太郎ってどんな人」と聞いたら、「生意気な小僧だよ」と言った。賞金十万円の使い道を聞かれた彼は「こういうお金はみんなして飲んじまうもんじゃあないですか」と言ったらしい。我が家は安い公務員給料の半分近くを住宅金融公庫への返済に回し倹約生活を強いられていたのだった。

しばらくして文春から記念写真が送られてきた。明治生まれの父が真中、同じ直木賞で大正生まれの邱永漢《きゅうえいかん》氏が右、芥川賞で昭和生まれの石原慎太郎氏が左に坐っていた。足を揃えてかしこまっている父や邱氏とは対照的に、石原氏は長い両脚を左右に広がるだけ広げていた。

石原氏はその後三十五歳で国会議員となった。政治生命を失いかねない失言や暴言をこれでもかというくらい繰り返すのだが、すべて水に流される不思議な政治家だった。旧制湘南中学以来の友人江藤淳はかつて「石原は肺腑をつく叫びが先に立ち、言葉がそれについて行かないので誤解される」と評した。

私が初めて石原氏に会ったのは、二十年ほど前のテレビ番組においてだった。私はいつも通りの独創的持論（女房によると独りよがりの暴論）を自信満々に語ったのだが、彼はいつもの核武装論の他は終始上機嫌に微笑んでいた。

次に会ったのは『文藝春秋』の対談だった。会場の都知事室へは、安全のためだろう、エレベーターを途中階で専用のものに乗り換えなければならなかった。知事室に入ると二百畳はありそうな広大な応接室へ通された。天井が高さ五メートル以上はあり照明やソファなども豪華だ。大学の私の研究室との余りの差に愕然とした。これで美人秘書が出て来たら絶対に許さん、と秘かに息まいていたら、許せるような人がお茶を運んで来た。

久しぶりの再会に彼は「やあ」と言いながら私の所に来た。十年前より歩き方が遅くなったのが気になった。私の心を察したのか、「三浦雄一郎さんにならい、脚力強化のため両足に二キロの重りをつけているんだ」と言った。

日本の将来について彼が悲観的なのが気にかかった。東日本大震災の二カ月後だったので、八十歳近い都知事には心労が蓄積していたのかも知れない。私の方は震災後に日本中に溢れた惻隠、忍耐、献身、勇気などに希望の光を見ていたから楽観的であった。

私が数学の大天才岡潔先生に触れ、「先生は若い頃、フランス留学中に多変数解析関数論の研究に乗り出す前に蕉門の俳諧を調べなければいけない、と気付いたそうです。先生は帰国後一年余りそれらを徹底的に調べ、その後研究にとりかかり、二十年かけて当時その分野の三大難問と言われていたものをすべて解決してしまいました」と言うと、彼は異様に鋭い眼光で耳を傾けていた。長い政治家生活にもかかわらず、文学者なのだなあと思った。

対談の後の雑談で、「私は中学生の頃から裕次郎ファンでした。今でもカラオケでは『錆びたナイフ』です」と言ったら、「数学者が『錆びたナイフ』かぁ」とさもうれしそうに言ってから、「でも僕の方が弟より脚は長かったんだ」と自慢した。

ついでに「政治家では亀井静香ファンなんです」と言ったら、「エッ、亀ちゃんに言ってやろう。亀ちゃん喜ぶだろうなあ」と心の底から嬉しそうに言った。過激な発言から想像できないことだった。なんと友人思いの心優しい人だろうと思った。

旧友の江藤淳が病死した妻の後を追い自死した際に、「今はただ慶子さんとほお寄せ合い、二人きりで手とりあって、静かに静かに眠ってくれ」と彼が読んだ感動的な弔辞を思い出した。

最後に思い切って父の「生意気な小僧だよ」を話した。彼は破顔一笑してから虚空に目をやり、「懐しいなあ、新田さんは本当に生真面目な人だったなあ」としみじみ言った。そして「実はね、授賞式の記念写真を見たオフクロに、『年長者の前で何という格好しているの』とこっぴどく叱られてねえ」と、いたずらっ子のような表情で言ってまた笑った。魅力的な人だった。（二〇二二年四月）

第九章　父・新田次郎と母・藤原てい

昨年（二〇一六年）十一月十五日、母、藤原ていが亡くなりました。大正七年生まれで、九日前に九十八歳の誕生日を迎えたところでした。夫の新田次郎が一九八〇年に亡くなってからは兄や私たちの家の隣にひとりで暮らしていたものの、八十歳を過ぎたころから認知症を患い、最後は兄、私、妹と三人の子どもに見守られながら、都内の病院で穏やかに眠るように息を引き取りました。

三十七年前に父が心筋梗塞で急死したとき、私は、悲しみというより父の命を奪った「天」とか「自然の摂理」への怒りで震えていました。と同時に、母を亡くしたらこれ以上のショックを受けるのかと、いつか訪れる〝その日〟を想像し恐怖しました。あまりの寂しさに耐えられるだろうかとすら思ったのですが、実際にはそうではありませんでした。母は長い時間をかけて徐々に体力や気力を失い、私の顔もわからなくなっていきました。死の予告にも似たその時間のおかげで、私にも少しずつ母を喪《うしな》う覚悟ができていたのです。

一九四三年に満州で生まれた私は、終戦の混乱のなかを母に手を引かれて命からがら日本へと引き揚げました。その壮絶な日々は母が書いた『流れる星は生きている』に詳しいのですが、私は恐ろしくて中学生になるまで手に取ることができませんでした。いざ読んでみると、一年二カ月に及ぶ過酷な生活に耐え、ときには乞食のようなことまでして日本に連れ帰ってくれた母に私は一生頭が上がらないと、涙ながらに思いました。もし母が倒れていたら、当時満二歳になったばかりの私は、三歳上の兄、生後一カ月の妹とともに北朝鮮あたりで野垂れ死んでいたことでしょう。

一度は死んだも同然の人生。日本中の人、世界中の人にどれだけ非難されようと怖くありません。民主主義、自由、平等よりも武士道精神、とりわけ卑怯を憎む心や惻隠が大切だと『国家の品格』で書いたときは、この本によって筆を断たなければならなくなっても構わないと覚悟を決めることができました。これは、母が教えてくれた強さです。

一方、諏訪高島藩の武士、と言っても一番下の足軽、の血を引く父は、幼かった私に「お前は武士の子だ」と武士道精神を説いて聞かせました。「武士たるもの、弱い者を助けろ、そのためなら少々の力ずくもしかたない」と言われていた私は、学校で弱い者や貧しい者をいじめる者がいると、直ちにすっ飛んで行って殴りとばし、蹴散らしていたものです。そのたびに夕飯時に報告すると、父はいつも目を細めて「弱い者を救ったんだな、よくやった」と言って褒めてくれました。とはいえ、横では母が「なに調子に乗ってるの、この親にしてこの子ありね」と呆れていましたが（笑）。

ここ十数年、富む一方の勝者、追いやられる弱者、を生み出すばかりの新自由主義やグローバリズムを私が徹底的に批判しているのは、父が教えてくれた武士道精神の影響でしょう。作家であった父と母、このふたりに育んでもらった強さと矜持《きょうじ》は、私のなかにしっかりと根づいています。

暗転した満州での新生活

ともに長野県に生まれた両親が出会ったのは、一九三九年の春。諏訪の旅館でのお見合いの席でした。農家の次男である父は無線電信講習所（現・電気通信大学）を卒業し、中央気象台（現・気象庁）に勤める技術者。母はひと目で、「なんと清潔で新鮮な人だろう、まるでもぎたての果実のようだ。この人を逃してはならない」とすぐさま結婚を決意したそうです。

中央気象台の測候所があった千葉県布佐《ふさ》の官舎で新婚生活を送り、そこで兄が生まれ、三歳を迎えようとする四三年の春、父が満州の中央観象台（満州国における中央気象台兼天文台）に勤務することとなり、一家で満州の首都・新京に移住しました。満鉄初代総裁の後藤新平の弟子にあたる人々が作ったという街並みは美しく、食生活も豊か。家族で内地より恵まれた生活を送るなか、すぐに私が生まれました。当時の写真は一枚しか残っていないのですが、異常に可愛らしい一歳の私と、ごく普通の兄が両親に挟まれていて幸せそのものです。四五年七月には、妹も誕生します。ところがその僅か一カ月後、幸福な生活は一変することになりました。八月九日の零時、ソ連軍が日ソ中立条約を破って怒濤のごとく満州に侵攻して来たからです。

父は九日の夜十時半に緊急召集され、一時間ほどして帰宅すると、蒼白な顔で母に「午前一時半までに新京駅に集合するのだ」と言いました。駅からどこに行くのかもわからないまま、家族五人が荷物をまとめ、私と妹は背負われ、兄は手を引かれ真っ暗な大同大街という大通りを歩いて四キロ先の新京駅に向かいました。

駅に着くと、列車がなく、一夜を駅構内で過ごしました。翌朝になって列車に乗りこんだのですが、父は部下が観象台に残って働いているので職場に戻ると言う。気象情報はすべて軍事機密なので、撤退するときには機械を壊し、書類も破り捨て燃やさなければならなかったのです。三人の幼児を抱えてこの混乱の中、女ひとりではとうてい日本までたどりつけない、と母は涙ながらに訴えたそうです。しかし課長だった父にとって、残務処理に追われる部下をおいて家族と逃げ出す、などということはあり得ないことだったのです。「卑怯なことをするくらいなら死んだ方がまし」という武士道精神の人でした。三人の子供の中でも父は私を格別にかわいがっていたらしく、無蓋列車に乗り込んだ母子に一旦別れを告げた父でしたが、再び戻って来て「陽に焼けると暑いからな」と、腰にぶら下げていた手ぬぐいで私に頬かむりをさせ、再び出ていきました。「下の二人はもう見ることができないだろうと覚悟した」と後に言っていました。途中、暑いだろうと母が私の手ぬぐいを取ろうとすると、私はひどく嫌がったそうです。

　観象台の同僚家族と一緒とはいえ、子ども三人を連れて汽車に乗った母はどんなに心細かったことでしょう。北朝鮮の宣川《せんせん》という町の農学校で始まった収容生活では、子どもの泣き声がうるさいとか、貴重な井戸水でおむつを洗うななどと、仲間の日本人からずいぶん嫌味を言われたそうです。十日ほど経ったときに父が合流して久しぶりに一家五人の生活が始まったのもつかの間、二カ月後には十八歳以上四十歳以下の男はソ連軍に汽車でシベリアへ連れ去られてしまいます。「今度はもう帰れないかもしれない」と言い残し、父は北へ向かいました。

　食事は毎日、薄いお粥ばかり。母乳も止まり、妹は母から噛み砕いた大豆を口移しで食べさせられてかろうじて命をつないでいました。兄は空腹を我慢し、自分のお芋を「お母さんはおっぱいが出ないからあげる」と母に差し出すやさしさがあったのですが、私はとにかく食い意地が張っていて、毎日「お腹が空いたよう」と駄々ばかりこねては母を困らせていたそうです（笑）。

北朝鮮の冬の寒さは厳しく、オンドルという暖房もない部屋で、母は寝付けない私たち三人の足を自分の胸に抱いて暖めてくれました。子どもが寝ると母はそっと部屋を出て防火用水のタンクに分厚く張った氷を割りに行き、朝になったら溶けた氷水でおむつを洗う。毎日、ほとんど寝ていなかったのではないでしょうか。途中でさらに粗末なボロ家に移され、病死する人や餓死する人が出るようになります。ときには、どうせ生きてはいけないからと、生まれた赤ちゃんの顔に濡れた布をかぶせるような人まで出てきた。私たち四人は、肩を寄せ合いながらかろうじて生き続けていました。

「泣いたら、置いていくぞ！」

ついに現金が底を突き、食料を買うために母も働き始めたものの、給料のいい住み込みの女中仕事は子どもがいる人には回ってきません。慣れぬ手で人形を作ったり、子どもが寝たあとで近くの温飯屋で皿洗いをしたり。子どもの方が同情を買うからと、まだ五歳の兄が鼻水を垂らしながら駅前に立って首から紐で吊った台の上に石鹸を並べ、「一個四円」

と書いた紙をぶら下げて売ったりしました。三円で仕入れているので、ひとつ一円の儲けだったそうです。売れなくなると今度は駅の食堂のバケツからネギやじゃがいもの皮を拾って持ち帰るのが兄の仕事になりました。幼心に嫌だったのでしょう。兄は帰国してからも、満州時代の話を一切聞こうとも話そうともしませんでした。

いよいよ食べるものがなくなると、母が子ども連れで付近の家々の扉を叩き、食べ物を恵んでほしいと懇願した。まさに乞食生活です。金持ちは冷たく、貧しい人の方が優しかったと母は何度も言っていました。日本人に物を恵むと村八分にされるため、ゴミを捨てるふりをしてご飯やお味噌をくれた人もいたそうです。それでも水しか飲めない日もあり、いいときでもネギが浮いた薄いとうもろこしのお粥が日に二度。私たちは栄養失調でガリガリに痩せこけ、お腹だけが膨れていきました。妹は一歳を過ぎてもハイハイできず、母の掌に乗るほど小さかった。

北朝鮮での生活も一年余りとなった四六年八月、このままでは一家揃って餓死するだけだと、母は仲間と北朝鮮を脱出する覚悟を決めます。右手に兄、左手に三歳になった私の手を握り、妹は背中のリュックにくくりつけました。首に二週間分の食料をぶら下げて宣川から平壌、新幕と汽車を乗り継ぎ、そこから徒歩で三十八度線を目指しました。三十八度線を突破して南朝鮮に出れば、占領中のアメリカ軍に保護されて日本に帰国できると言われていたのです。

「正広、何をぐずぐずしている！」

「正彦、泣いたら、置いていくぞ！」

　男言葉でそう子どもたちを叱咤し、ぬかるんで足首まで浸かる赤土のなかを一歩一歩前へ進みます。下半身裸で泥だらけになった私が、凍死寸前になったこともありました。激しく身震いし、唇が紫を通り越して黒ずんだ私を抱えて母は近くの農家へ飛び込みます。私をひと目見ると、その家の老婦は台所からお湯を持ってきて母に使うよう促しました。母は納屋の中で、お湯で温めたおむつで私の全身を何度もマッサージし、ようやく一命をとりとめたそうです。あの老婦がいなければ、私と兄がそこで死に、そうすれば間もなく母と妹も死んでいたことでしょう。母はいつかこの親切な朝鮮人老婦にお礼を伝えにいきたいと、ずっと言っていました。

　この時期の北朝鮮の川は梅雨で水かさが増し、深いところは身長百五十六センチの母の胸まで達していました。私を抱いて渡る途中、母の腕が下がって私の顔が水に浸かり、そのたびに私は「ひいっ」としがみつく。このときの恐怖はしっかり記憶されていて、スポーツ万能の私なのに水泳だけが大の苦手（笑）。帰国後、母の郷里の村で遊び回っていた五歳のとき、ケンカの滅法強いガキ大将だったのに、膝くらいの深さの川を渡ることができませんでした。「やいヒコべエ、どういうだ（どうしたんだ）、早く来いやれ」と言われても、脛《すね》まで水につけるのが精いっぱいで一歩も進めないのです。三十歳を過ぎて学会で訪れた京都でも、増水した桂川の濁流を見たら、夜になっても頭の中で川が渦巻いて一晩中眠れなかった。満州での渡河経験を身体が記憶している、と気付いたのはこの時です。

　子ども三人を連れた母は、出発して十日後、ぼろぼろになりながら三十八度線を突破したところで気を失って倒れ、アメリカ軍に保護されました。裸足だった母の足の裏には傷口に小石がびっしりと詰まり、それをひとつずつピンセットで取り除いていく痛さは言葉にはできなかったそうです。私も途中で靴が脱げてしまい、足は母と同じ状態で下半身まで傷だらけ。いまでもその跡が残っています。

　釜山から船に乗り、博多にたどりついたのは四六年の九月十二日。そこから今度は汽車で、母の故郷の長野県の諏訪へ向かいました。私と妹は栄養失調で体はおできだらけ、耳からはだらだらと膿が流れ出していました。それでも父の「子どもたちを頼むよ」という言葉を守り、母子四人は生き延びたのです。両親のもとに帰った母は安心感からか体調を崩して寝込んでしまい、起きていても縁側でボーッと過ごすことが多かった。祖母の話によると、しばらくして父が帰ってきたときも、母はそれが誰だかわからず、布団の中からボーッと見上げていたそうです。

終戦後、満州では二十万人の日本人が命を落としたと言われています。必死で北朝鮮から脱出しても、栄養状態が悪く祖国を目前にして亡くなった人も多い。母がよく口にしていました。こういうとき一番に死ぬのが男のひとり者、そして一番強いのが母親だと。自分が死ねば子どもも死ぬと思えば、母親は死ねません。「母は子に生かされ、子は母に生かされる」とも言っていました。『流れる星は生きている』を読むと、世界中の子どもが死んだって、自分の子どもだけは生かしてみせると言わんばかりの母の迫力に圧倒されます。清廉潔白ではとても生き抜かれない時代だったのです。

あの日、徒歩で新京駅に向かう私たちを、関東軍の家族とその家財道具を一杯に積んだトラックが何台も追い越していきました。守るべき市民たちを置き去りにして、軍も家族も一足先に逃げていったのです。そもそも関東軍が強固に守る満州は絶対に安全だと政府が宣伝して移住者を募りました。そのため、母は政府や軍に騙されたという思いを終生抱き続けていました。そして金輪際、戦争だけはしてはいけない、と言い続けた。後年、私が結婚したあとのことですが、母が妻の美子《よしこ》に「いま戦争が起きたらどうしますか。私は正彦の左腕を切り落とします」と言ったそうです。あまりの言葉に度肝を抜かれる妻に、母は「手が不自由になれば、召集されることはありません。右手さえあればなんとか生きていけますから」と続けた。それほど戦争というものを憎んでいました。

「藤原てい夫」と書けばいい

一方、父の口癖は「露《ロ》助《スケ》だけは信用しない」。父は宣川で家族と引き離されたあと、日本へ送り返すと言われて列車に乗せられたそうです。ところが列車は南下するどころか北上していたのです。「夕陽が左に落ちたんだよ」と父は言っていました。ソ満国境の延吉という町の収容所に入れられました。ソ連軍に騙されたのです。幸い父は一年余で解放されて帰国できましたが、酷寒のシベリアで命を落とした日本人は十万人とも二十万人とも言われ、観象台の同僚も多くが亡くなりました。

その恨みを父は終生忘れることなく、作家として活躍するようになってからも、決してソ連に足を踏み入れようとはしませんでした。自分が行けば捕まると固く信じこんでいた。「有名な日本の作家を捕らえるようなことはない」と私がどんなに説得しても、「露助だけは信用しない」の信念を変えませんでした。

四六年、父は東京の中央気象台に復職。東京の官舎に引っ越してから母は再び体調を崩し、一日中布団の中で過ごす日も多くなりました。このまま自分が死んでしまったら引き揚げの記憶を子どもに伝えられないと不安にかられた母は、布団の下に隠した大学ノートに、遺書のつもりで毎晩少しずつ書き溜めていました。

廊下をひとりで歩けるほどに回復した母が父に「もう必要ないですね」と二冊に増えたノートを見せたところ、満州で別れたときにも涙を見せなかった父が涙をこぼし、「俺にまかせてほしい」と預かったのが『流れる星は生きている』の出版につながりました。四九年、ベストセラーとなり、母は取材や執筆に追われるようになります。

印税のおかげで母の収入は父の数倍に増え、極貧生活から脱出できたとはいえ、母を訪ねてきた客にお茶を出すような生活が父にはおもしろくない。なにしろ明治気質、庭の草一本抜くにも母を呼ぶような人間です。役所では「藤原てい夫」と名刺に書いたらどうかと揶揄されたこともあった。そこで父は「お前に書けるなら、俺にも文章くらい書ける」と、役所勤めの傍ら、深夜まで執筆に精を出すようになりました。役所に後ろめたかったので使ったペンネームは「新田次郎」、長野県諏訪市角間新田で生まれ育った次男坊、の意味です。

父も母も、官舎での暮らしに鬱憤も溜まっていたはずです。父の伯父、藤原咲平が中央気象台長（現・気象庁長官）だったお蔭で、戦後の住宅難の中、課長以上しか住めない官舎を融通してもらっていたのですが、父が課長でないことを理由に兄がいじめられたこともありました。よく晴れた日曜など、皆がいそいそとピクニックに出かけても引揚げで無一文となった我が家は行かれなかった。朝から晴れ渡っていた空が午後になって曇り、ぽつりぽつりと雨が降ってきたとき、洗濯物を取り込んでいる母が空を見上げて「いい気味」とつぶやいたのです。自分の子供たちだけがどこにも行けない悔しさを、歯を食いしばって堪えていたのでしょう。母の激しい気性を、子供ながらに垣間見た気がして今もはっきり覚えています。

五一年、父は短篇小説「強力伝」で『サンデー毎日』の懸賞小説の一等になりました。賞金目当てに書いたのです。さっそく賞金の二十万円を前借りして母の『流れる星は生きている』によるなけなしの貯金十万円と合わせ、吉祥寺に土地を買い求めました。一文もなくなったので、二十坪の安普請の家を建てるお金は全額住宅金融公庫から借りました。住宅ローンの返済に追われて生活は相変わらず貧しいままとなりました。ようやく暮らしが上向くのは、四年後に短篇集となった『強力伝』が直木賞を受賞してからです。

父の執筆活動が波に乗るのと対照的に、母は三人の子育てもあってあまり物を書かなくなりました。私たちが嫌がったことが大きな理由です。妹は「仕事をしてはイヤ」とはっきり言ったほどです。子育てこそ自分の仕事と肝に銘じて、母は一時筆を折りました。

とはいえ気性の激しい母のこと、父の活躍がおもしろいはずはありません。小説の原稿は編集者に見せていた父ですが、エッセイは母にまず読ませていました。ところが母は、口を極めてののしります。

「何この原稿。つまらない三文文士」

「下手くそね、子どもの作文みたい」

父は黙ったままでしたが、そのうち母に原稿を見せることはやめ、代わりに私が読まされるようになりました。書く時に一番重要なのは文章のリズムというのが父の持論でしたが、十年ほどで私は父のリズムをすっかり盗み、これ以上ない文章修業となりました。処女作『若き数学者のアメリカ』を書くことができたのも、この修業があったお蔭です。

箸が飛び、お椀が飛ぶ夫婦ゲンカ

売れっ子作家になってからの父の唯一の楽しみは、銀座のバーに飲みに行くことでした。一晩で五万円――今の二、三十万円ほどを現金でパーッと払って上機嫌で帰ってくると、ちょっと気持ちが大きくなっているからか、「藤原ていがなんだ！ 俺は銀座でモテるんだ」などと得意げに母に言ったりしました。母は、「一晩に五万円も払えば、あなたのように腐ったイワシのような目をしていてもモテるわよ」などと、罵詈雑言《ばりぞうごん》で応酬しました。

さすがに父も気が引けたのか、銀座帰りで遅くなるときは必ず文芸評論家の尾崎秀樹《ほつき》さんを連れてくるようになりました。玄関先まで父を送ってきた尾崎さんが「誠に申し訳ありません。先生は何度も帰りたいとおっしゃるのに、私が無理にお引き止めしてしまって」と平謝りするのです。外面《そとづら》のいい母は「いいえ、いいえ、どうも、どうも」と怒れなくなってしまう。父の作戦勝ちです。

父の誕生日に、銀座のバーの女性から四十センチ四方もあるデコレーションケーキが届いたことがあります。母は黙ってケーキを庭の柿の木の根本に投げつけてしまった。その年の柿は、いつもより甘かったかもしれません（笑）。

両親のケンカは、藤原家では日常の光景でした。武士の出であることを誇りにしていた父に「この百姓女」と馬鹿にされると、「武士が何ですか、武士がくだらないから明治になったんじゃないですか」と母が言い返し、最後は父に物を投げつける。最初はお箸で、次が木のお椀。割れてしまうから茶碗は投げませんでした（笑）。ケンカの終盤、母の決め台詞《ぜりふ》は「誰が三十八度線を越えて子どもを連れて帰ったか！」。「お父さんは新京の駅でなんだかんだときれいごとを言って、一緒に来なかったじゃないか。家族を見捨てたじゃないか」。この言葉が出ると、父は何も言わず押し黙り、二階の書斎にこもってしまう。反論できなかったのです。

　父が専業作家になるか迷っていたとき、背中を押したのも母です。思うように執筆の時間が取れなかった父は、気象庁測器課長として富士山気象レーダーを完成させるという大仕事も成し遂げると、退職を考えるようになりました。しかしいざとなると踏ん切りがつかない。家族が路頭に迷うかもしれない、ネタに困って書けなくなるかもしれない、気象庁にも愛着がある……と一年以上悩んでいたところ、母が「いい加減にしなさい、いつまでも女の腐ったみたいなことを言うんじゃない！」と一喝し、「私は北鮮で乞食をやっていたんだ。いざとなったら病院の付き添い婦でも便所掃除でもなんでもやって三人の子どもは育ててみせる。男らしく決断しなさい」と迫って、ようやく父は決心しました。

励ますときに優しい言葉ではなく強い表現を使うのが母の特徴でした。私の妻が原稿を書き始めた時、母に「あなた、これほど書けるんですから、書かないということは罪悪ですよ」と言われたそうです。自分の筆力について不安を抱いていた妻は、この言葉を胸に書いていく自信がついたと話しています。子どもの大学受験でも、貧しさ故に進学する夢を諦めた悔しさがあるからか、「勉強できるだけでもありがたいと思いなさい」とよく言われたものです。

　気性が激しいというのは、情が深いということ。兄と妹が先に結婚し売れ残っていた私は、二十九歳のときにアメリカのミシガン大学へと渡りました。すると父が電話をかけてきて「お母さんがメソメソして困っている」と言う。メソメソする母なんて、見たことがない。にわかには信じられませんでした。ただ、両親が電話をくれるのは、たいてい日本の日曜日の昼下がり。アメリカだとちょうど土曜日の夜で、渡米して以来、なぜか猛烈にモテていた私が女の子とイチャイチャしているときにリーンと電話が鳴る。両親の声を聞くのは嬉しいのですが、なんともタイミングが悪くて困ったものです（笑）。

「お父さん、逝ってはいや」

八〇年の二月十五日の早朝に父が突然亡くなったとき、母は気も狂わんばかりに悲しみました。前日まで元気だった父は起きてすぐ廊下で倒れ、隣からパジャマで駆け付けた私の人工呼吸にもかかわらず、私の腕の中で帰らぬ人となった。母は「お父さん、逝ってはいや」と父の体にすがり、冷たくなっていく父の頬を両手で包んで泣き叫ぶ。

父を送ったあと、母は再び旺盛な執筆活動を始め、読売新聞で人生相談の回答者になったり各地で講演をしたりと忙しい毎日を送るようになりました。体力が衰え、認知症の兆《きざ》しが見えてきたのは八十歳を過ぎたころ。ひとりで暮らしていた母は、しばしば夕食を庭続きの我が家で一緒にとるようになっていました。その席で妻が「お義母さま、一緒に満州へ行きましょうよ」と切り出したのです。

「この機会を逃しては私の生地を見ることはできない、ラストチャンスだ」と私も思い、母も妻の言葉にすっかり乗り気となり、私の三人の息子、妹、そして何人かの父付き編集者たちも共に旧満州に出かけることになりました。

現地に行くと母の記憶はかなりおぼろげでしたが、私が生まれた旧満鉄病院を訪れたときは「ここだ、ここだ」と通用口のような小さい入口をはっきり示し、病室が五階にあったことまで覚えていた。驚いたのは、新京動植物園（現・長春動植物公園）に行ったときです。母が「白樺があった」と言うのです。入口からしばらく歩いて行くと母の記憶通り白樺の林に迎えられました。母の故郷の諏訪は白樺が多く、通っていた諏訪高等女学校（現・諏訪二葉高校）も校門から白樺が続いています。きっと母は、訪れるたびに故郷を思い出していたのでしょう。〝猛母〟にも、センチメンタルな一面があったわけです（笑）。

旅の最後には、母子四人の逃避行が始まった新京駅を訪れました。今は長春駅と名を変え、改築された建物は以前の美しさを失ってはいましたが、二歳の私がこの階段を母に背負われて昇ったかと思うと、感慨深いものがありました。母に問うと、「どんなことをしてでもこの子たち三人を生かして日本へ帰ろう、とばかり考えていた」と言いました。あの夜、不安と決意に身を強張らせていた二十六歳の母は、どれほど怖かったことか。母や息子たちや妻とともに「藤原家の原点」とも言うべき場所に立つことができ、満州への旅はひじょうに思い出深いものになりました。

父が急死したあと、落ち込む母のことが心配で私たち夫婦はしばらく母と一緒に暮らしました。そのとき母は「自分が死んだら、お父さんの骨と一緒にしてほしい」と口にしていました。そのために父に大きな骨壺を買ったというのです。

母の葬式を終えた時、妻がその母の言葉を思い出しました。どこかに書き記していたような気がして、『わが夫　新田次郎』（新潮社）のページをひもときました。こう書いてありました。

「二人用の大きな骨壺を用意した。やがて私もそこへ入って行って、長い人生を夫と語り合いたいと思っている」

遺言どおり、近いうちに母の遺骨を父の骨壺に移す予定です。死んでからも尻に敷かれるなんてまっぴらごめんと父は嫌がるかもしれませんが、ケンカをしつつ、再会を喜んで二人仲良く暮らしてもらいたい。母が投げる箸もお椀も、天国にはないはずですから。

父の亡くなった日、私の長男はまだ妻のお腹にいましたから、三人息子たちは誰一人、父に会っていません。でも幼い頃から「おじいちゃんはこんなことをした」「こんなことを言った」と、毎日のように語り続けたので、三十七年たった今も彼らは生きている人のように「おじいちゃん」を口にします。「父を向こうに行かさないためには語り続けること」という私の信念からです。これからは母のことも同じように語り続けるつもりです。

（二〇一七年二月）

おわりに

ウクライナそして父の手拭い

ロシアによるウクライナ侵攻ほどのあからさまな侵略が、二十一世紀ヨーロッパで行われるとは信じ難いことである。各国は国防の概念を変えざるを得ないであろう。

さらなるショックは、弱小国ウクライナが強大国ロシアに一方的に蹂躙《じゅうりん》され、多くの市民が殺されてもなお、国家の存亡をかけ勇敢に戦っているのを世界中が毎日毎晩テレビで見ながら、どの国も武器を送るだけで助けに行こうとしないことだ。

アメリカでは最タカ派議員さえもウクライナへの戦闘機供与に反対している。誰もが核攻撃をほのめかす無思慮無分別のプーチンと事を構えたくないからだ。核攻撃をほのめかしさえすれば台湾や尖閣を手に入れられる、と習近平が勘違いしないよう、プーチンの侵攻を破滅的大失敗に終らせねばならない。強力な経済制裁の継続が必要だ。それはロシアへの大打撃となるが、制裁する民主主義諸国に対しても、石油、天然ガス、小麦という基幹品の値上がりによるインフレをもたらし、国民生活を苦しめるだろう。我々はこの「我慢比べ」に勝たねばならない。

ウクライナ侵攻の画像で、私が最も身につまされるのは避難民の姿である。十八歳から六十歳までの男子は出国を制限されているから、避難民のほとんどは女性、子供、年寄りだ。なけなしの物をリュックにつめ子供達の手を固く握りしめて歩く母親。足をひきずる老妻の手をとりながら、ポーランドを目指して一歩一歩進むおじいさん。途中で親とはぐれたのか、泣きじゃくりながら歩く男の子もいる。

これはまさに終戦後、命からがらソ連軍から逃げのびて来た私達一家の姿だった。より惨めな姿だったが。

昭和二十年八月九日夜、二歳になったばかりの私は、満州国新京（今の長春）の官舎で五歳の兄、生後一カ月の妹と枕を並べて熟睡していた。母の『流れる星は生きている』によると、夜の十時半頃、父は突然勤め先の気象台から非常召集を受けた。

一時間余りたって戻った父は蒼白な顔で、「二十四時間前に、ソ連軍が日ソ中立条約を破り怒濤のごとく満州へ侵攻してきた。奴等が新京に到達する前に脱出する。午前一時半までに新京駅に集合だ」と言った。「満州は我々が守るから安心」と言っていた関東軍はもぬけの殻《から》だった。

家を出る直前に、父は全滅するかも知れない私達家族の思い出にと、何枚かの写真をアルバムから急いで引きはがしリュックに入れた。三歳までの私の写真で現在残っているのは、この中の一枚だけだ。新京動物園でとったもので、三十一歳の父、二十五歳の母、〇歳の異常に可愛い私、三歳の普通に可愛い兄の四人が幸せそうに芝生に座っている。

私達は持てるだけの物を持って駅まで四キロの道を急いだ。兄は歩き、母が私を背負い、父はリュックの上に生まれて間もない妹をくりつけ両手に大きな風呂敷包みを下げていた。

避難民でごった返す駅構内で一夜を過ごした翌朝、南下する無蓋貨車にどうにか乗りこみ居場所を確保することができた。一息ついた時、父が母に言った。「俺はしばらく新京にとどまり仕事の後始末をするから、子供達を頼む」。気象データや気象器械は軍事秘密であり、それらを焼却し破壊しなければならない、部下がその任務のため奮闘している、と母に説明した。目の前が真っ暗になった母は「家族を見捨てるのですか。こんなに難民があふれ治安も最悪の中、私一人でこの幼い三人を日本まで連れ帰れなんて」と泣いて抗議をした。

部下を置いて家族と逃げ出す、という選択肢は父になかった。卑怯なことをする位なら死んだ方がまし、という人だった。

父は二歳で可愛い盛りの私の頭をなでながら、「いい子でいるんだよ」と言い含めるように言ってから、立錐の余地もない貨車から飛び下りようとしたが、何かを思い出したように私達の所へ戻って来た。腰の手拭いを引き抜くと、もう二度と見ることはできないのではと思ったのか私に頬かぶりさせた。

残務整理をすませた父は、尋ね尋ねて北朝鮮の宣川という所で運よく私達に合流することができた。全満州と全朝鮮を占領しようとするソ連のあくなき領土欲を阻もうと、トルーマン大統領が三十八度線を遮断したため、我々もそれ以上南下できなくなっていたのである。やっと合流した父は、朝鮮人や中国人の襲撃に備え寝ずの番をしたりした。時折、避難民掲示板に俳句を書いた。「秋雨や家なき人の集まりて」という句には皆が涙を流したという。

ところが間もなく、父は終戦後二カ月もたっていたのにソ連軍によりシベリアに連行されてしまった。無論、国際法違反である。残された私達は父の乗せられた無蓋貨車を、駅近くの丘の上から「お父さん、お父さん」と大声で叫びながら手を振り見送った。母は「よく見ておきなさいよ、お父さんを」とくり返しながら泣いていた。

それから一年間、母子四人は何度も死に瀕しながら、奇跡的に生き延び博多にたどり着いた。

キエフからの避難民の中に帽子をかぶった少年がいた。「お父さんはキエフに残っている。僕達の英雄、兵隊さんを助けて戦うんだ」。少年は大きな両眼をこすりながら言った。かたわらの母親の頬を涙がつたっていた。三歳ほどの男の子は、ポーランド国境近くまで送ってきたヘルメット姿の父親が、「パパはここでキエフに戻る」と言ったのだろう、父親の腕の中でそのヘルメットを泣きながら何度も何度も叩いていた。

私だって新京の駅で、もう少しの分別があったら、腰の手拭いで頬かぶりしてくれた父の頭を、泣きながら何度も何度も叩きたかった。（二〇二二年五月）

初出一覧

第一、三、四、六、八章、おわりに＝「古風堂々」一〜三十六：『文藝春秋』二〇一九年六月号〜二〇二二年五月号

第二章＝「英語教育」が国を滅ぼす：『文藝春秋』二〇二〇年一月号

第五章＝日本と韓国「国家の品格」：『文藝春秋』二〇一九年十月号

第七章＝「日本人の品格」だけが日本を守る：『文藝春秋』二〇二〇年七月号

第九章＝父・新田次郎と母・藤原てい：『文藝春秋』二〇一七年二月号

藤原正彦（ふじわら まさひこ）

お茶の水女子大学名誉教授。1943年旧満州新京生まれ。新田次郎・藤原てい夫妻（共に作家）の次男。東京大学理学部数学科卒業、同大学院修士課程修了、理学博士（東京大学）。コロラド大学助教授、お茶の水女子大学理学部教授を歴任。78年『若き数学者のアメリカ』で日本エッセイスト・クラブ賞、2009年「名著講義」で文藝春秋読者賞受賞。主著に『国家の品格』『国家と教養』『決定版　この国のけじめ』『数学者列伝　天才の栄光と挫折』、『孤愁〈サウダーデ〉』（新田次郎との共著）などがある。

文春新書

1369

日本人《にほんじん》の真価《しんか》

2022年7月20日　第1刷発行

著　者　藤　原　正　彦
発行者　大　松　芳　男
発行所　株式会社　文　藝　春　秋

〒102-8008　東京都千代田区紀尾井町3-23
電話（03）3265-1211（代表）

印刷所　理　想　社
付物印刷　大　日　本　印　刷
製本所　大　口　製　本

定価はカバーに表示してあります。
万一、落丁・乱丁の場合は小社製作部宛お送り下さい。
送料小社負担でお取替え致します。

ISBN978-4-16-661369-4